星之魔法少女 ③

友情的試煉

車人 著

新雅文化事業有限公司
www.sunya.com.hk

人物介紹

畢芯言

年齡：11歲

來自：地球

身分：小五學生，魔法少女

魔法元素：光

魔力來源：星之碎片——紫

魔法裝備：光之魔杖

林芝芝

年齡：11歲

來自：地球

身分：小五學生，芯言的同學
　　　兼好朋友

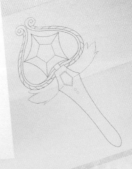

高柏宇

年齡：12歲

來自：地球

身分：小五學生

魔法元素：火，也能運用風和水

魔法裝備：魔法指環

騰騰

原名：亞古力多克司

年齡：❓

性別：❓

來自：魔幻國——星空王域

身分：魔法精靈

毛毛

年齡：❓

性別：❓

來自：魔幻國——冰雪王域

身分：魔法精靈

目錄

難忘的生日

今天是一年一度的陸運會，坐在看台上的芝芝緊緊地盯着運動場的入口，臉上難掩一副擔憂的神色。

時間一分一秒地過去，芝芝的心情越是焦急。當那個熟悉的身影終於出現，她彷彿如釋重負，高興地向着閘門揮手：「這邊啊，芯言！」

「早啊，芝芝！」芯言喘着氣一溜煙的跑上石階。

「你又睡過頭了嗎？」芝芝溫柔地笑問。

「不是啊！今早起牀竟發現一隻襪子無緣無故的消失了，我幾乎把睡房翻轉了也找不到……」芯言氣呼呼的噘起嘴巴，「於是我立即在晾衣架上找來昨天洗淨的襪子，可是襪子還未乾透，我花了很長時間才把它吹乾呢！」

「你只差一點便要遲到了，起初我還以為你會缺席呢！」芝芝替芯言着急。

「今天是個重要的日子，我當然不會失約啦！」芯言提高嗓門，認真地說。

鐘聲隨即響起，所有學生立即安靜過來，運動員代表致辭後，老師宣告期待以久的陸運會正式舉行。

芝芝和芯言這雙要好的朋友多年來都是陸運會的職業觀眾，每年她們都會帶備一大堆零食慢慢享用。二人貫徹始終從未參與任何田徑比賽，今年也不例外。

　　林芝芝雖然是班中的高材生，無論是中文、英文、數學、常識、視藝或是音樂科，她都奪得全級第一的佳績，唯獨在運動這一方面就比較遜色。其實，芝芝在體能上只是比蛀書蟲司徒若禮稍為好一點，屈居全班排行榜的倒數第二。

　　橢圓形的運動場就像一個高溫熔爐，在半空中高張的火傘熔化了朵朵白雲直照大地，連青綠的小草都被曬得耷着腦袋，站在場中的運動員更是被烤得汗流浹背，渾身濕透。

　　芯言懶洋洋地倚在座椅上，她一手把電風扇貼着額頭，一手拈起一粒軟綿綿的橡皮糖往嘴巴送，「好熱啊！」

　　芯言並不是對競技比賽沒興趣，只是芝芝不想參加比賽，她也提不起勁參加而已。

　　芯言和芝芝是一對無所不談的摯友，二人喜歡一樣的顏色，鍾情一樣的卡通公仔，愛聽一樣的歌曲，無論是參與課外活動或是上興趣班，她們總是孖着一起，一直以來都是形影不離。

「芯言，是呢！昨晚我也夢到大家口中全身黏稠稠的綠色怪物！牠爬到我的頭上跳來跳去，一時扯我的頭髮，一時抓我的臉，那感覺簡直就是真實的一樣，快要把我嚇壞呢！」芝芝皺緊眉頭，懊惱地說。

「什麼？連你也作了相同的惡夢嗎？」芯言放下電風扇，難以置信地望着芝芝。

「你看這一雙黑眼圈多麼難看！」芝芝把眼鏡拿下來，委屈地指着自己的黑眼圈說：「我被惡夢纏繞一整晚，總是醒不過來。我想盡法子擺脫牠，可是那可怕的綠色怪物擺着巨大的尾巴，一直追着我跑，現在回想起來也感覺不安！」

「這件事太奇怪了！竟然超過半班同學也作了相同的怪夢！」芯言托着下巴，蹙起眉頭自言自語。

「這陣子大家不斷討論着惡夢中的怪物，可能聽得太多了，不自覺把大家形容的怪物記進腦袋，於是日有所思，夜有所夢呢……」

「嗯……」芯言咬着指頭，好像想着什麼。

突然，場內的擴音機正在為下一場比賽召集選手：「男子高級組一百米短跑決賽第一次召集。」

一聽到廣播聲，芯言立刻回過神來，她瞪大雙眼，伸長脖子掃視賽道上陸逐上線的健兒，彷彿尋找着誰的

身影。

「咦！那不是柏宇嗎？」芯言指着跑道起點説。

芝芝的目光隨着芯言的指尖望過去，她一眼便認出身形高大的高柏宇。

柏宇捲起運動衣的衣袖，露出一雙結實的手臂。他壓壓腿，扭扭腰，舒活筋骨，擺出一副勝券在握的姿態。

「原來柏宇也進入了決賽嗎？」芯言眉毛一挑，興奮地説，「他的確跑得很快，看來我們五年乙班快要多添一面金牌了！」

「可是六年丙班的戴國安連續兩年也是短跑比賽的第一名，他很大機會獲得高級組短跑三年冠的名銜！」芝芝指着起跑線上另一個健兒。

「相信我吧，現在的柏宇已經超越了自己！」芯言帶着肯定的語氣道，「他一定會勝出的！」

「芯言，怎麼你最近好像跟柏宇變得很熟絡……」芝芝歪着頭，輕輕試探着。

「不是啦，誰會跟那個『獨孤派掌門』熟絡？我只不過在意我們五年乙班能否在這次陸運會成為最好成績的一班吧！」芯言一怔，聳聳肩隨口回應。

「是嗎……」芝芝托起眼鏡，若有所思地説，「可

是，上星期放學後，我也看到你倆一起有説有笑的離開學校……」

「那……只是碰巧吧……」芯言煞有介事，生怕藉口不小心被聰穎的芝芝揭穿，於是裝作無可奈何地笑道：「啊！我記起了，我們的廣播劇進度比大家落後很多，所以約好在課後趕快完成！」

「真的嗎？」芝芝懷疑地問，細心地留意着芯言的表情變化。最近她感到芯言有意無意的跟她保持距離，她多麼希望那只是自己的錯覺。

面對心細如塵的芝芝，芯言怕繼續談論柏宇會扯上魔法的秘密。有好幾次，芯言快要忍不住把「星之碎片」的事情與她最好的朋友芝芝分享，秘密蠢蠢欲動的在牙縫間，只差一點點便溜了出來。可是一想到也許會為芝芝惹來麻煩，芯言才硬生生地把心事兒吞到肚子裏去。

她望着一臉不解的芝芝，唯有隨便説些話來中斷這個話題：「你也知道的，那個高柏宇是個奇怪的傢伙，而且他很懶惰，廣播劇被分派跟他一組是一件多麼不幸的事，與他合作簡直要了我的命……」

這時，大會廣播再次響起，芯言頓時鬆一口氣。

「第一線五年乙班高柏宇，第二線五年甲班鄭家

明，第三線六年丙班戴國安，第四線六年丁班張志良，第五線六年甲班鍾銘謙，各就各位⋯⋯」

燦爛的陽光揮灑在每位健兒的身上，自信滿滿的各人如箭在弦，前腿弓，後退繃，鬥志激昂的向着前方，大家也對這面金牌志在必得。

「呸！」槍聲一響，五人一蹬腿，起跑線就像一條拉緊的弓弦，瞬間射出了五枝飛箭，迅速而有力地向着前方全速奔跑。

「嘩！」看台上氣氛熱熾，傳出震耳欲聾的吶喊聲，同學們都向前探着腦袋，眼睛隨着運動員的腳步移動，各自為班代表打氣。

「高柏宇！加油！高柏宇！加油！高柏宇！加油！」五年乙班的叫喊非常齊心，而呼叫得最大聲的就是芝芝身旁的芯言。她緊握拳頭放在胸口前，雙眼跟着柏宇的身影移動，雀躍地替他打氣，面容充滿着欣喜。

賽道上各班的代表起勁地往前跑，五位運動員由起初一字形排開逐漸拉開距離。他們互不相讓，跑道上領先的是六年丙班戴國安，緊隨的是五年甲班鄭家明，不，柏宇正全力加速追趕上來。

男生們的爆發力的確驚人，他們挺起胸膛，一雙手一雙腿就像連接着火車輪子上的連杆，機械式的不斷向

前推進，五位運動員一瞬間便來到終點前的位置。

在看台上的觀眾瞪大雙眼屏住氣，見證着這重要的一刻。

「衝線了！」在衝線的一刻，戴國安與柏宇看似是並排衝過終點，四面立即傳出叫喊聲，各班眾説紛紜，到底誰能奪冠？

擴音器隨即宣讀比賽結果：「第一名，五年乙班高柏宇，第二名六年丙班戴國安……」

柏宇最終以一秒之差險勝戴國安，芯言高舉雙手，難掩那興奮的神情，她激動地向着終點大叫：「柏宇很厲害啊！」

這一切都被林芝芝看在眼裏，她直覺芯言和柏宇並不是一般的朋友，那份感情看來比芯言與自己的多年友誼還要深厚。心裏的難受不能宣之於口，一份不知從何而來的落寞情感狠狠地壓在芝芝心頭。

往後的幾場比賽中，柏宇也為五年乙班取得不錯的成績，平日總是給人印象半睡半醒的他一時間成為了班中的風雲人物。

最後，陸運會在一片熱烈的掌聲和歡呼聲下結束，今年得分最高、成為全級總冠軍的班級就是五年乙班，而個人獲獎最多的就是最近一直不斷鍛煉魔法及體能的

高柏宇。

　　自從上次誤闖時空裂縫歷經一次魔幻國之旅後，柏宇擁有的魔法力量變得強大得多。他還發現不知何故，在地球搗亂的小魔獸一下子變多了。於是他與芯言到處找尋這些小魔獸，而小魔獸被芯言的星光力量淨化之前，往往成為柏宇練習魔法的對象。

　　「芯言，我很肚餓，一起去吃東西吧！」柏宇一口氣跑到看台上，抹着豆大的汗珠，對芯言説。

　　「今天我已約了芝芝一起去吃咖喱蛋包飯！」芯言一面收拾物品，一面拒絕柏宇。

　　「咖喱蛋包飯？聽上去很吸引，我跟你們一起去吧！」柏宇想也沒想，摸着肚子隨口説，「我餓得快走不動了！」

　　「可是……」芯言為難地望向芝芝，她認為芝芝未必願意跟柏宇一起慶祝自己的生日。

　　「那我先去換件衣服，十分鐘後在運動場的大門等吧！」還未等二人回應，柏宇已經轉身邁步離去。

　　「不行啊！喂……」芯言叫住柏宇，但他走得太急了，完全聽不到芯言的叫喚。

　　「不打緊，那我們一起去吃吧。」芝芝溫柔地笑説。

「可是今天是你的生日，我説過要跟你好好慶祝的！」芯言把雙手交疊在胸前，勞氣地説。

「沒關係，今天柏宇為我班取得這麼好的成績，也應該好好表揚的，」芝芝眨眨眼睛，那長長的睫毛在眼鏡後一開一合，她提議説，「我們一起去慶祝吧！」

「芝芝，你實在太好了！」芯言得知芝芝並不抗拒柏宇，於是高興地擁抱着她。

＊　　　　＊　　　　＊

來到餐廳，柏宇、芝芝和芯言被安排坐在靠窗的廂位，芝芝和芯言坐在一邊，柏宇則坐在另一邊。侍應為他們端上了香噴噴的咖喱蛋包飯，滑溜溜的雞蛋裏包裹着濃郁的茄汁飯，還有金黃色的咖喱和各種配菜，單是看上去已令人垂涎欲滴。

「你剛才消耗了這麼多體力，你多吃一些吧，反正我也吃不了這麼多。」芯言把面前冒着煙的蛋包飯分成兩份，把其中一份送到柏宇的碟子上。

「好啊！女生的食量比螞蟻還要少，你們吃不下的飯餸就交給我吧，再多我的胃也可以把它們消化！」柏宇大口大口地吃着，看來他真的餓壞了。

芝芝沒搭腔，只是低着頭靜靜地吃着。

「啊，柏宇，你今天共取得多少獎項？」芯言一邊

吃，一邊問。

「不記得了，參賽的都有獎，你自己看看吧！」柏宇隨手從背包抽出一堆獎牌，放在桌子上。

「推鉛球金牌、跳高銀牌、跳遠銅牌、短跑金牌，還有長跑銀牌！」芯言仔細地研究着每一面獎牌的圖案，然後遞給芝芝看。

「你每一年也贏得這麼多獎牌嗎？」芯言問。

柏宇搖頭。

芯言歪着頭，等待柏宇解釋。

「過去幾年的陸運會我也缺席，今次是我頭一趟參加學校的陸運會。」柏宇淡淡地回應。

「為什麼呢？」芝芝感到好奇，忍不住問。

「這個我知道！因為他跟其他同學不咬弦！」回答芝芝的竟然不是柏宇，而是芯言，「他去年的缺席率是全校最高的，曠課的日子比我們全班同學缺席的總數還要多呢！」

柏宇沒有反駁，繼續自顧自張大嘴巴吃着美味的咖喱薯仔。

「原來芯言對柏宇的認識這麼深了……」不知何故，芝芝的心裏竟有點說不出的難受。

在大家吃過飯後，芯言靜靜向侍應傳了個手勢，於

是侍應遞上一個插着七彩顏色蠟燭的蛋糕來，送到芝芝面前。

米黃色的蛋糕面用了新鮮芒果果肉砌成一朵玫瑰花，旁邊還有奶白色的鮮忌廉，令人垂涎三呎。

「芝芝，祝你生日快樂！」芯言拉着芝芝的手說。

「芯言，是你為我準備的嗎？」芝芝嚇了一跳，她完全沒有想過會有這種驚喜。

「呵呵！這個蛋糕我本想自己一個做的，可是做來做去也做不好，不是烤焦了就是太乾，於是我請了媽媽幫忙一起做。」芯言吐吐舌頭，緊張地問，「你喜歡嗎？」

「很喜歡啊！謝謝你，芯言！」芝芝望着精緻的芒果蛋糕，感動得眼睛閃出淚光。

「啊，原來今天是你的生日！」柏宇一怔。

芝芝微微點頭，垂在耳後的兩條辮子跟着輕輕晃動。

「快許願吧！」芯言提醒芝芝，「啊！還未唱生日歌呢！柏宇，我們一起唱吧！」

「不了，你自己唱吧！」柏宇四處張望，尷尬地說，「其他客人都望過來了！」

「不行，我數三聲便一起唱！」芯言堅持，她認真

地對着柏宇說：「一！定！要！」

「怕了你……」柏宇難為情地用手遮掩着半邊臉，避開其他客人的目光。

「好了，一、二、三，」芯言興致勃勃地唱，柏宇輕輕地和應着，「祝你生日快樂，祝你生日快樂，祝芝芝生日快樂，祝你生日快樂！」

於是，芝芝閉上眼許了一個願望，然後一口氣把蠟燭吹熄。

她衷心希望，面前的芯言永遠永遠都是她最好的朋友。

「芝芝，這是我親手做的手鏈，希望你喜歡！」芯言遞上一條紫藍色玻璃珠子串成的手鏈，中央有一顆紅色的心形吊墜。

「好美啊！」芝芝連忙雙手接過禮物，珍而重之的欣賞着。她驚歎不已：「你串了很久的嗎？」

「嘻嘻，我的手藝一向不太好，反覆串了幾次都不成功。這裏、這裏和這裏也有點瑕疵，你別介意呢！」

「不會啊，這個心形代表芯言的心意，我很喜歡啊！」芝芝欣喜地說。

「哈哈！這手鏈串得歪歪曲曲的，一看就知出自你手。」柏宇瞄了一眼芝芝手中的手鏈，偷偷笑說。

「哼！又不是送你，你不要插嘴！」芯言鼓起腮幫子，把臉撇開。

「呵呵！你送給我，我也不要！」柏宇故意戲弄芯言。

柏宇跟芯言唇槍舌劍互不相讓，二人就像一對歡喜冤家。

「這手鏈很獨特啊！」芝芝把手鏈穿在手腕上，把玩着那顆紅色的吊墜，「芯言，謝謝你啊！」

「嘻嘻，我就知芝芝會喜歡，芝芝就是這個世界上最懂得欣賞我的人了！」話未說完，芯言發現柏宇正定眼看着窗外。他的一雙劍眉緊緊皺着，表情變得凝重。

當芯言正想問柏宇，怎料柏宇突然站起來，拿起背包準備離開。

「我要先走了！」柏宇出奇不意地說。

芝芝把手中握着的獎牌交還柏宇，可是柏宇對她說：「這就當作送你的生日禮物吧！」

「柏宇，是否發生了什麼事嗎？」芯言趕緊叫住走了幾步的柏宇。

「沒事，你們慢慢吃蛋糕吧！」柏宇回頭微微一笑，向着芯言說。

「柏宇很奇怪啊！他常常也會這樣的嗎？」芝芝拿

起刀子猶豫着，不知從哪個角度下刀才好。她看着用朱古力醬寫上自己名字的芒果蛋糕，心裏想着芯言總是知道自己的喜好。

想得入神的芯言沒有聽到芝芝的提問，她望着窗外柏宇走遠的身影，顯得非常擔心。

芯言心不在焉地吃了幾口蛋糕，她不時往窗外看，過了數分鐘，她突然放下叉子，說：「芝芝，對不起，我記起要幫媽媽做點事……」

「你也要離開嗎？」芝芝訝異地問。

芯言愧疚地點頭，在口袋取出零錢交給芝芝。

芝芝的心頭涼了一截，她完全不明白發生了什麼事，芯言到底有什麼瞞着自己？可是芝芝還是保持微笑地回答芯言：「不打緊的，你要是有重要事情便去辦吧，我吃完蛋糕便會回家！」

「對不起……我們改天再慶祝好嗎？」芯言合上雙掌，放在前額向芝芝道歉。

「好的！」芝芝把大拇指和食指指尖拈在一起，做了個沒問題的手勢。

「芝芝你是最體貼的，謝謝你！」芯言誇張地擠出感激流淚的樣子，逗得芝芝笑了。

「你快去忙吧，我也趕着回家溫習呢。」芝芝溫柔

地説。

芯言喜見芝芝沒有怪責自己後，便急急轉身離去。

芝芝目送芯言步出餐廳，消失在自己的視線範圍內。

她默默地把碟子上的芒果蛋糕一口一口吞下肚子，但她沒胃口再多添一點。

芝芝記起自從升上小學後，每一年她與芯言的生日，大家都會約定待在一起替對方慶祝，從來未試過缺席的。可是這一次，芯言竟然中途離座。

她直覺芯言的離去，與柏宇有莫大的關聯。

「不會的……芯言不會對我說謊的！」芝芝的腦海閃過一些猜度，隨即又對自己懷疑好友感到自責，只是喃喃地說，「希望不是發生了什麼事吧！」

初遇的回憶

一道像是水彩油出來的紅霞連接着天地，芝芝茫然地挽着一盒剩餘一大半的蛋糕獨自離開餐廳，她漫無目的地四處閒逛。

今天是她的生日，她特地預先調動了補習班的時間，本打算跟芯言好好慶祝，到晚飯時間才回家，可是芯言突然有事要提早離去，留下她獨自一人。

在這個特別的日子，她寧願在街上多流連一會，也不想這麼快便回家去。

就在這時，一隻指頭般大小的蜘蛛不知從何爬到芝芝的肩膀上，芝芝嚇得大叫一聲。小蜘蛛也彷彿被嚇到，牠騰空一躍離開芝芝的肩膀，在半空翻了兩個圈後着地。

芝芝驚魂未定，望着小蜘蛛三扒兩撥，快速地竄進地上的縫隙裏去。

這隻小蜘蛛令芝芝想起跟芯言認識的第一天。

那是四年前的開課日。

在爸爸媽媽目送下，小芝芝懷着既興奮又緊張的心情踏進小學校門。陽光温暖地照在芝芝的臉上，她知道

從今天起自己不再是幼稚園生，要迎接各種挑戰，而最大的挑戰，就是她害羞的個性。每當芝芝碰到陌生人，她的臉就會紅得像蘋果，手腳都僵硬得像機械人一樣。

小芝芝怯怯地走上一樓，沿着走廊找到一年乙班的課室，她探頭進去，談話聲、喧嘩聲、爽朗的笑聲一湧而上。她看到數十張素未謀面的笑臉，頓時害怕得轉身想要逃走。

那時候的芝芝個子特別矮小，她綁着兩條麻花辮，扁扁的鼻子上架着一副圓碌碌的眼鏡，一點也不出眾，而且害羞的她常常低着頭，説話的聲音比蚊子還要小。

「喂！」一把親切的聲音把她叫住，「你也是一年乙班的新生嗎？」

「嗯。」芝芝紅着臉低下頭，連望也不敢望向對方。

「這邊有位子，過來坐吧！老師還沒到呢！」一個長得跟芝芝一樣高的小女生把芝芝拉了過去她身旁的位置，這個人就是芯言了。

「你好！我叫畢芯言！」芯言掛着滿腔熱情的笑容打招呼，簡潔地介紹自己。

「啊⋯⋯我是林芝芝。」芝芝緊張得雙手握住裙擺，聲音小得不可再小。

「什麼？我聽不清楚啊！」

芝芝連忙把頭耷得更低，她整張臉都燙得炙手。

「我知道了！你叫林芝芝！」芯言指着芝芝書包上的名牌，看着鬆了一口氣的芝芝説。

「這個名字很動聽呢！好像軟綿綿的，吃起來感覺應該很不錯！」芯言對芝芝產生一種莫名的好奇，很想跟她繼續聊下去。

芝芝被芯言的話逗笑了，她抬起頭來，眼鏡後是一雙水汪汪的大眼睛。

「你的髮型很好看，是媽媽替你修剪的嗎？」

「你喜歡唱歌嗎？你喜歡畫畫嗎？聽説課後有許多不同的興趣班，不如我們一起參加好嗎？」

「你是什麼星座呢？應該和我很合拍吧！」

「你也喜歡公主玩偶嗎？最愛哪一個？」

小小的芯言已經是個熱情樂天派，整天停不了説話的她事無大小都可以笑説一番。當她第一眼看到林芝芝，就不知何故，很想跟她成為好朋友。

而芝芝是家中的獨女，性格溫婉內向，從來不會主動跟別人説話。爸爸媽媽對她管教相當嚴厲，每天都替她安排了密密麻麻的學習，忽略了芝芝與朋友相處的時間。同學們對她的印象並不深，更多時候是忽視了她的

存在。

一直以來，芝芝與朋友的關係疏離，在她身邊從沒有可以訴說心事的好友。直至升上小學，她遇上了芯言。

上課的鐘聲響起，老師給大家分配座位，從矮至高排列起來。芯言和芝芝的高度相若，於是被分配坐在一起。

「太好了，我可以和你做鄰居了！」芯言拉着芝芝的小手，笑説。

芯言和芝芝，一個好動，一個愛靜，二人很快成為了好朋友。

就在小息的時候，同學們把零食取出來，坐在芝芝右面的一個胖男孩轉過身來，隨手把芝芝零食盒中的餅乾放進自己的口中。

「我忘記帶零食，你的餅乾看來很好吃啊！」胖男孩一面吃，餅屑一面從他口中掉在地上。

「啊……」芝芝委屈地看着胖男孩不斷把沾滿口水的手伸到自己的零食盒來。

「喂！你為什麼不問自取？」芯言把零食盒拉回芝芝身邊，説。

「什麼不問自取？她又沒有説不好！」胖男孩蠻不講理地説。

「芝芝，你有沒有答應把零食分給他？」

「沒……沒有……」芝芝用力搖頭，整張臉蛋霎時紅了起來。

「芝芝說沒有！你怎可搶她的食物！」芯言鼓起腮幫子道。

「哼！有什麼了不起？」胖男孩撇起嘴說，「我才不吃蜘蛛的食物！」

「你才是蜘蛛！她叫芝芝……」芯言說。

「哈哈哈！大家快來看，我們班有一隻蜘蛛，戴眼鏡的大蜘蛛。」胖男孩把手指拈起來做成兩個圓，兩手貼着眼睛做出滑稽表情引來大家的目光，同學們都紛紛走過來看個究竟。

大家圍着芝芝竊竊私語，令她感到慌亂不安，眼眶內凝住的淚水快要掉下來了。

「你給我聽清楚，她的名字不是蜘蛛，是芝芝！」芯言提高聲線對着胖男孩說，同學們都靜下來，「你搶芝芝的零食，還要替她改花名，實在可惡！」

「我又不是吃你的零食，你也太多管閒事了吧！」胖男孩說，「我偏要改她的花名，以後我就叫她四眼蜘蛛！」

「好啊！改得真貼切！」竟然有三個男生在和應，

他們交換了眼色，似乎是早就互相認識的。

「蜘蛛！蜘蛛！四眼蜘蛛！」四個男生齊聲拍着桌子打拍子，一起對着快要哭出來的芝芝叫喊，「蜘蛛！蜘蛛！四眼蜘蛛！」

圍觀的同學們你一言我一語，令課室變得越來越嘈吵，可是沒有人敢指責四個可惡的男生。

這個時候，芯言跑到黑板前，用粉筆歪歪曲曲的寫了「芝芝」兩個字。

「她的名字叫芝芝！」芯言對着班上的同學大叫。

「是蜘蛛！」四個男生異口同聲地回應她。

「是芝芝！」芯言不認輸地重複。

「是蜘蛛！」男生們故意放大聲浪蓋過芯言的聲音。

「你們怎麼可以這樣欺負別人！」芯言氣得漲紅了臉，她一手撐腰，一手指着首領胖男孩。

「算吧！」芝芝走到芯言跟前，拉着她的手細聲輕說：「不要爭辯了，要是以後他們一起作弄你，那就麻煩了！」

「怎麼可以？這一次他們欺負你，要是我們縱容這些惡行，容許他們欺凌別人，下次他們一定會做得更過分！」芯言眼神堅定地盯着胖男孩，她重情義的性格更是表露無遺。

「芯言……」芝芝帶着哽咽的聲音，把頭垂更低。

「我不怕你們的！」芯言繃着臉，對着那四個男生說。

同樣是小一學生，芝芝想不到芯言竟能如此堅強勇敢地對抗不公義，她被芯言那份敢於挑戰的正義感深深吸引着，她多麼渴望自己能像芯言一樣擁有一顆無懼惡勢力的心。

班中的氣氛僵住了，同學們也不敢隨便作聲，課室一下子變得靜悄悄的。

芯言靈機一觸，想出了一招「以其人之道，還治其人之身」，說：「好吧，要是你們硬要叫她『蜘蛛』，那以後我也叫你們四個壞蛋做『臭屁四人組』吧！」

芯言雙眼直直地盯着比她高一截的胖男孩，沒有半步退讓的姿態。

「哈哈！臭屁四人組！」胖男孩聽罷，不由得從心偷笑了出來，「你想的名字很奇怪！」

「臭屁四人組！」突然，在芯言背後發出零星的叫喊，附和的同學越來越多，漸漸其他同學竟然齊聲叫喊着：「臭屁四人組！臭屁四人組！」

四個男生想不到小小的惡作劇會引來這麼大的迴響，面對羣眾的壓力，縱使不忿也無可奈何，唯有悶哼

一聲，沒趣地返回自己的位子。

雖然自此胖男孩把芯言視為頭號敵人，一有機會便要捉弄她，但至少以後再沒有人叫芝芝做「蜘蛛」了。

「芯言，剛才謝謝你替我解圍！」芝芝一臉佩服的望着芯言。

「呼！」那班男生才走開，芯言的雙腿立即癱軟，她嚥下口水，調整呼吸回答說，「我只是看不過眼那幾個男生在欺負人！」

「我從來沒有這樣的勇氣去抵抗別人！」芝芝苦笑着問芯言，「芯言，難道你一點也不怕那班男生嗎？」

「怕呀！」芯言搔搔頭，長長的睫毛一開一合眨動眼睛，回想着剛才的情況，「嘻嘻，其實剛才我很害怕的，好像一下子花光了我所有勇氣！」

「連我自己也不敢反抗，為什麼你要為別人跟他們鬥嘴？」芝芝一臉困惑地問。

「因為他們絕對不可以欺負我的朋友！」芯言毫不猶豫地說。

「我們是朋友嗎？」

「當然……要是你願意的話！」

聽到芯言這樣說，芝芝用力點頭。

「那麼我們就約定，一直做對好朋友吧！」芯言露

出燦爛的笑容，她伸出尾指遞向芝芝。

芝芝一怔，過了兩秒才猜到芯言的意思，於是她把
尾指扣着芯言的尾指，然後大家用大拇指蓋印。

此刻，一直孤孤單單的芝芝感到無比感動，竟然有人在困難中願意為自己挺身而出。

「約定啦！」浮現在芝芝臉上的笑容讓身邊的人也感到她滿滿的幸福，她時刻也珍惜着這一份友誼。

多虧有芯言，芝芝才能夠在一年乙班上認識更多同學，使她少了一份像開課第一天的恐懼。對於芝芝的慢熱，芯言一直努力帶領她投入校園生活。芝芝心想：要不是芯言，她早就成為班中的隱形人了！她多麼希望有一天能夠換過來，有能力幫助芯言一把。

在過去的四年小學生涯裏，芝芝的回憶載滿了與芯言一起成長的印記，而這兩個小女孩的友誼就像積木般慢慢堆砌起基礎。

幸運地，兩位形影不離的好朋友一直被編在同一班，同學們都知道溫文聰敏、心細如塵的林芝芝和樂天愛助人卻粗心大意的畢芯言是最要好的一對朋友。

芝芝不能想像假如有一天芯言漸漸疏遠她，那會是怎樣的光景。

「隆隆……」突如其來的一聲雷響把芝芝從回憶中驚醒過來。

秋天是個變臉的季節，剛才耀眼的太陽一下子消失得無影無蹤。晴空萬里的天空瞬間變成了塊大黑幕，把

整個天空都遮住了。

　　風靜靜刮起地上的沙塵，芝芝抬起頭看到天空上積壓着一層厚厚的雨雲，多日來的酷熱天氣終於降溫。

　　銀針一樣的雨絲從空中灑向芝芝，芝芝沒有帶雨傘和雨衣，只好用袋子擋住頭，急急跑去避雨。雨滴像顆顆晶瑩透明的珍珠黏在衣服上，她的半邊身已經濕透。

　　雨越下越大，芝芝慌不擇路的走進一條小巷，躲在一片狹窄的簷篷下暫避。才過了兩分鐘，她看到兩個人影在小巷盡頭跑過。她揉揉雙眼，一臉不可置信。

　　芝芝看到的竟然是芯言，她身旁還有柏宇。

　　芯言和柏宇冒着雨向前跑，似是在追尋些什麼，二人並沒有注意到芝芝在不遠處看着他們。

　　芝芝自言自語：「芯言剛才不是説要幫媽媽做些事嗎？為什麼會跟柏宇在一起？」

　　「她是故意撇下我的嗎？」芝芝退了兩步，滿心疑惑地問自己。

　　「不會的……」芝芝感到胸口窒息般的緊，就像心臟被揑着似的令她喘不過氣來。

　　芝芝不相信芯言故丟下自己，她不知道自己是從什麼時候開始被遺棄。縱使多麼的不解，芝芝也不願上前追問究竟。她害怕得到的是一個令她更失望的答案，

只得默默地目送着二人遠去。

芝芝的鼻子酸起來，心裏非常難過，藏在眼鏡背後的雙眼也變得通紅。她一下子感到身體累得不再屬於自己，於是抱着膝坐在地上，呆望着顏色跟自己心情一樣灰黑的天空。

感到無比傷痛的芝芝不斷想着替芯言的謊話辯護，卻實在找不到一個好的理由。

斜斜的雨水擦過她的臉頰，混着淚水一滴滴的淌在地上。

下雨是因為天空承受不了它的重量，就像流淚是因為心承受不了它的痛。

不知過了多久，雨終於停了，芝芝面上的淚痕也晾乾了，可是雨水並不能把她的鬱悶一洗而去。她實在不知道明天再見到芯言時，該如何隱藏那散落一地的心傷。

「喀喀……」突然，在芝芝的身邊傳來一陣怪聲。

芝芝嚇得心頭一震，她瑟縮地打量着四周，發現聲音的來源來自裝着剩下的蛋糕那盒子。她定眼一看，盒子竟然在晃動，發出喀喀的聲音。

「盒子明明原封不動，為什麼裏頭會動？」芝芝不由自主地把身體往後移。

過了兩秒，盒子沒有再動。

芝芝用手指戳了一下，盒子還是沒有動靜。

芝芝覺得太奇怪了，她的好奇心最終戰勝了害怕的感覺，於是她嚥下口水屏住氣，慢慢提起指尖輕輕把紙盒打開。

芝芝的身體下意識地往後移，她伸長脖子從開口探頭一看，看到裏頭竟然藏着一隻手掌般大，長滿雪白毛髮的小東西，正大口大口的吃着剩下的蛋糕。

「嗯？」芝芝托了一下眼鏡，把頭靠到盒子去，心想：牠是從哪裏鑽進去的？

小東西聽到細碎的聲音，立即抬起頭來，露出一雙水汪汪的眼珠楚楚可憐地望着芝芝。

「很可愛啊！」芝芝忍不住說，「你怎麼會躲到這盒子裏呢？」

「吱吱……」嘴角黏了奶油的小東西低聲叫喚着，身體似是受了驚的不斷地抖動。

盒子裏的小東西擁有一雙藍寶石般的大眼睛，晶瑩剔透的眼珠兒流露出一種天真茫然的表情，毛髮上的水珠在陽光下折射出彩光，牠那蜷縮着的身軀看來比芝芝還要膽小。

小東西有種獨特的魅力，彷彿能治癒人心，芝芝看着牠一下子便回復心情，忘記一切不愉快的事情。

擾人清夢的魔獸

在剛才的對戰中，小魔獸擊中了柏宇的右肩，令他的右手暫時完全無力還擊。

「看來，我要認真一點來收拾你這隻頑劣的小魔獸！」柏宇脫下書包扔到了一旁，揉了揉受傷的肩膀。

這隻小魔獸外形長得像一隻墨綠色大蜥蜴，牠拖着一條尖尖長長的尾巴，前爪長有尖利的爪子，嘴巴裏頭的舌頭可靈活伸縮，隨時觸及一米外的物件。

「不用説，這幾天到處跑進別人的夢境，弄得大家睡不好的就是你的惡作劇吧！」芯言盯着小魔獸，説。

「牠一定是黑暝秘域派來的魔獸，想在大家的夢裏窺探星之碎片的消息！」柏宇猜測。

「沒想到除了騰騰外，連黑暝秘域的使者也感應到另一塊星之碎片散落在附近！」芯言説。

小魔獸對着柏宇擺出挑釁的姿勢，牠伸長如棒子一樣硬的舌頭對準柏宇，攻擊速度之快是柏宇未能及時躲避的。

「小心啊！」芯言還未説完，一道紅煙從舌尖噴向柏宇的臉龐。

柏宇感到一陣暈眩，瞳孔收細，強烈的睏倦感覺傳到他的神經。柏宇的身體微微搖晃，眼簾不自覺地往下垂。

　　他感到很疲累，全身也很累……

　　「柏宇……柏宇……」芯言的叫喚聲彷彿越來越遠。

　　「不行！」柏宇用力搖晃腦袋，他屏住氣匯聚一股熱流，在身體內運轉，驅散迷幻的感覺。未幾，他便回復意識，大喊道：「哼，單憑這種小把戲便想擾亂我的意志？」

　　小魔獸怒視着柏宇，嘴巴發出令人感到毛骨悚然的聲音。

　　「我才不會輕易被迷倒，更不會讓你闖進我的夢境！」柏宇向着小魔獸揮拳還擊，可是對方一閃身趁機逃走，令柏宇撲個空。

　　「別逃！」芯言伸手想捉住迎面而來的小魔獸，怎料小魔獸突然轉身向她吐出長長的舌頭，於是芯言本能地伸出左手擋住小魔獸的攻擊。

　　「哇！是什麼來的？」芯言的手掌霎時黏滿一層半透明的液體，她驚呼，「這東西黏稠稠的，很噁心啊！」

　　「讓我看看！」當柏宇打算把黏液撥開，他的手竟

牢牢地黏着芯言的手，兩隻手黏在一起完全不能動彈。

原來小魔獸吐出來的唾液比萬能膠的黏力更頑強！

「柏宇，那怎麼辦？」芯言連番舉起手用力甩開柏宇的手，卻徒勞無功。

「你別再猛扯了！我的右臂已受了傷，你還想弄傷我的左臂嗎？」柏宇抗衡着芯言的拉力。

「啊……對不起……」芯言一時忘記了柏宇剛才被小魔獸弄傷手臂。

「試試用火把唾液熔掉吧！」柏宇被黏着的手掌正冒出一點火光，卻被芯言制止。

「你別亂來！」芯言尖叫，投來責怪的目光，「你想把我的手也烤熟嗎？」

「你別亂動才對！我會很小心的！」柏宇勞氣地說。

就在二人爭持的同時，小魔獸趁機一溜煙地跑上一棵大樹，穿梭在茂密的枝幹之間。

「小魔獸想逃跑啊！」

「可惡，我可沒有空出來的手對付牠呢！」柏宇無奈地望着受傷的右肩，再望着黏住芯言的左手說。

「那我們只有眼白白看着牠逃走嗎？」

「現在我們只剩下你的一隻手可以活動了！」柏宇

瞄向芯言的左手，説，「芯言，快把你的左手對着小魔獸吧！」

「什麼？」

「別問了，快照着做吧！」

於是芯言向着爬到樹上的小魔獸伸出左手。

突然一陣風吹過，抖落了樹葉上盛載着的雨水，水珠剛好掉在小魔獸的頭上。

「好機會！」柏宇就在水珠沾在小魔獸頭上的同時，説：「可能會令你感到有一點冷！」

一道力量從柏宇的手心傳到芯言的右手，通過她的身體再轉到她的左手。

「冰之封印！」柏宇唸出咒語，隨即一道水柱快速的由芯言的掌心射向小魔獸。

水柱碰到小魔獸的那一刻凝結成晶瑩剔透的冰粒。

「嘎！」

小魔獸的頭顱就像被冰磚包裹着，一下子結了冰，頓時僵住了，然後自由落體般往下掉。

小魔獸的魔法被破解了，而黏着柏宇和芯言雙手的唾液也如玻璃一樣裂開。柏宇連忙跑上前去，一手接着掉下來的小魔獸。

「終於都捉到你了！你這隻擾人清夢的魔獸！」柏

宇拈起牠長長的尾巴，把牠當作懷錶一樣左右搖晃，他仔細地研究着：「又是一隻專門搗蛋的小魔獸！」

「剛才的感覺很奇妙呢，彷彿身體變成了一個大雪箱！那是冰的元素嗎？」芯言搓着自己的雙手，一臉興奮地問。

「對呀，我把魔法元素透過你的身體施展出來，」柏宇說，「我把冰魔法力量從我的左手傳到你的右手，再讓它從你的左手施展出來。」

「原來你的魔法運用已經如此出神入化！」芯言讚歎說。

「其實我只是試試看吧！」柏宇擦擦鼻子，笑說，「這是一次成功的魔法實驗！」

「什麼？你把我拿來做實驗？」芯言故意握着柏宇受傷的手臂用力搖晃，「萬一失敗了，我豈不是會變雪人嗎？」

「啊！很痛啊！」柏宇艱難地掙脫芯言的手，委屈地道：「沒下次了……」

怒氣未消的芯言轉身盯着小魔獸：「都是你，害我們從早到晚跟你玩捉迷藏，還錯過了跟芝芝慶祝生日的約會！」

「這隻魔獸能夠進入別人的夢境，想必又是黑暝秘

域的人派來查探星之碎片的消息，這也證明了騰騰的感應是對的，星之碎片一定就落在這一帶。」

「那我們一定要比他們更快找到碎片的下落，萬一給他們捷足先登，那就麻煩了！」芯言說。

「依騰騰所說，星光寶石爆破後，碎片雖然散落不同地方，但會產生互相牽引的力量。只要以你的紫晶碎片作餌，估計我們很快便能夠找到另一塊碎片的！」

小魔獸頭上的冰塊開始融化，於是柏宇立即把牠放在草地上，跟芯言說：「芯言，快把牠封印吧！」

「嗯！」芯言整頓一下呼吸，她合上雙手，慢慢拉出光之魔杖，「古老的光之魔法至高無上……出來吧，神聖的光之魔杖！」

一道耀眼的紫光從魔杖頂端漸漸凝聚，芯言把魔杖指向小魔獸：「銀幻紫晶，施展你最耀眼的光芒！」

瞬間，小魔獸在紫光的照射下逐漸變形縮小，最後變成了一條青綠色長着三隻小尖角，夾着彩色長長尾巴的小蜥蜴。

「很可愛呢！」芯言還未說完，柏宇便把一臉愕然的小蜥蜴徒手捉住，隨手塞進書包裹。

「你又打算把牠拿回家收養嗎？」芯言瞪大雙眼問。

「對啊！」柏宇拍拍書包，裏頭的小蜥蜴嚇得跳來跳去。

「牠可不是寵物呢！」芯言說，「既然已經淨化，牠應該不會再做惡作劇了，不如放了牠吧！」

「放了牠？你試想想，牠的長相這麼奇特，要是被人發現便會立即拿去作研究和實驗，」柏宇說，「我這樣做是為牠設想，那對牠來說不是更好嗎？」

芯言想不出反駁的道理，她說：「可是你爸爸不反對嗎？」

「當然不會！他最愛看到珍奇的東西了！」柏宇揚起他那雙劍眉，彷彿找到好機會在爸爸面前好好炫耀一番。

「沒你好氣！」芯言撇撇嘴，自顧收起魔杖，「快走吧！」

「去哪？」柏宇問。

「當然是去檢查你的傷勢！」芯言指着柏宇受傷的手臂，「我認識一個醫師，他的醫術很厲害的！」

「不用了，我會慢慢好起來的！」柏宇板起臉，搖頭說。

「每次哥哥打球扭傷手腳，媽媽都會帶他去找醫師的。有一次我弄傷手腕，也是那位醫師替我醫治的！」

芯言輕輕拍向柏宇的肩膀，柏宇的面色立即變青。

「好痛啊！你想要了我的命嗎？」柏宇痛得眼角滲出淚光。

「呵呵！原來這麼痛的嗎？」芯言又再用指尖戳了柏宇一下。

「哇呀！」

＊　　　　＊　　　　＊

「鈴鈴！」來到跌打醫館，玻璃門打開了，掛在門上的鈴兒響起清脆的聲音。

芯言和柏宇一踏入醫館，就嗅到濃郁撲鼻的中藥味。醫館裝潢簡約，牆上掛了一幅寫上「妙手仁心」的鏡屏，在百子櫃的旁邊放了一個模仿人體脊骨的模型，上面每一個穴位也標注了學名，還有一堆人體不同部分的骷髏骨。

裏頭的一位中年醫師正為一位腳踝受傷的少年包紮。

「咦，芯言，怎麼會是你？你哪裏受傷了？」醫師回頭看到芯言，驚奇地問。

「秦醫師，不是我受傷，是我的朋友。」芯言拉着柏宇向秦醫師走去，「他的右肩好像脫臼了！」

「嗯⋯⋯」秦醫師身穿一件領口微微泛黃的白袍，

給人感覺和善卻不修邊幅。他走過來看了一下柏宇的肩膀，然後示意他坐到身邊的長櫈，「你們坐下來等一下吧！」

柏宇靜靜地打量着身材瘦削的秦醫師，他一頭蓬鬆的灰髮下架着一雙一字排開的眉毛，下巴蓄着一撮灰白色的鬍子，那方形的臉上掛着從容的微笑，在他的前額和眼角都載着一些皺紋。

「好了！」秦醫師一邊替少年的腳踝套上紗罩，一邊瞇起細長的眼睛，語重深長的告誡說：「你的腳跟發炎，千萬不要吃熱毒的食物，明天再來敷藥吧！」

「謝謝秦醫師！」少年把擱在支架上的腿放下來，然後把包裹着的腳掌困難地套在拖鞋上。

「小伙子，你怎麼了？」秦醫師轉過身來向着柏宇，不知怎地，臉容詳和的醫師身上竟有一股壓人的氣勢。

「沒什麼大礙。」柏宇忍着痛回應。

「他右邊的肩臼好像是鬆脱了，痛得要了他的命，你快看看他！」芯言搶先替柏宇説出狀況。

「還不算很痛！」柏宇顧全面子，落力為自己辯護。

「哦！」秦醫師站到柏宇的背後，用厚大的手掌順

着他的頸項按到手臂，然後托起柏宇無力的手肘，仔細地檢查着。

　　柏宇咬着牙關，忍着痛，額角已滲出豆大的汗珠。

　　「你是怎麼脫臼的？跟人打架嗎？」秦醫師試探着，瞄了一下毫無表情的柏宇，「應該很痛吧，你竟然可忍受這麼久！」

　　「是啊，他的吃苦能力很強的呢！」芯言吐吐舌頭，避重就輕的回答秦醫師。

　　「芯言，你們是同學嗎？怎麼他長得這麼高大，你卻這麼矮小？」秦醫師揶揄芯言，「去年你的身高好像跟現在沒什麼變化啊！」

　　「你怎可以把男生和女生作比較呢？」芯言鼓起腮幫子，反駁說，「而且他比我年長一歲！」

　　「呵呵……對不起呢！」秦醫師看着生氣的芯言忍不住笑了出來。

　　「卡啦！」秦醫師在毫無預兆下出奇不意的一使勁，柏宇的右肩立即發出聲響。

　　「哇呀！」柏宇大叫，叫聲響得差點把鄰座剛穿好拖鞋，正準備離去那少年的耳膜刺穿。

　　「快好了！」秦醫師笑了一下便走到百子櫃前，在小櫃桶取出一些草藥把它椿成小顆粒，然後放在石磨上

磨成粉末，再加入藥水攪出刺鼻的草藥。

　　柏宇留意到在百子櫃前有一台比自己還要高的木人樁，他從一些武術電影裏得知，木人樁是用來訓練拳腳、手法、身法的器械，除了可當作敵人練習外，也可以用來鍛煉手腳的力量運用、全身整體活動性和步法之靈活性。

　　親身看到一台木人樁，柏宇忽然忘記了自己的痛楚，他很想立即上前去試試看。

　　秦醫師一邊煎着草藥，一邊對着看得入神的柏宇說：「你想學這個嗎？」

　　「嗯！」柏宇點頭，他覺得草藥的味道有點噁心。

　　「為什麼呢？」秦醫師揚起濃濃的眉毛，問。

　　「我想提升速度和作戰技巧。」柏宇老實地說，今次受傷令柏宇意會到自己的弱點，他需要增強自己的體能才能保護身邊的人，尤其當他手握炎神之刃時，體內的能量消耗得特別快。

　　「武術除了強健體魄外，更重要的是鍛煉心志。」秦醫師頓一頓，說，「待你康復後過來，到時我再教你吧！」

　　「你懂得中國功夫嗎？」柏宇一怔，秦醫師的話挑起他的興趣。

「那當然啦！哥哥告訴我秦醫師曾在武術比賽取得冠軍，他舞刀弄劍很厲害的！」芯言故意嘲諷柏宇，「你經常挨打，應該要請秦醫師指導一下技術！」

　　「哈哈，什麼武術比賽冠軍，那已經是上世紀的事了！」秦醫師說，「不過男孩子除了要懂得運用腦筋外，也應該學一些技術旁身。」

　　「秦醫師，我也要學！」芯言插嘴說。

　　「好！」秦醫師笑了，他走到柏宇跟前把藥塗在他的肩膀，說：「這些藥有點燙的，忍耐一下！」

　　這種熱力對於經常玩弄火球的柏宇來說當然是雞毛蒜皮，不過柏宇倒對面前一頭灰髮、沉實穩重的秦醫師產生一點好奇的感覺。

　　秦醫師用紗布把柏宇的右肩關節固定，一邊細心地包裹着，一邊語重心長地說：「這個月內你也不可做劇烈的運動，否則肩臼再次移位就麻煩了！要緊記啊！」

星光寶石的碎片

在黑暝秘域裏有一座幽暗詭異的宮殿，宮殿的地牢佇立着一塊巨大的魔鏡，黑暝秘域的魔法使賽斯迪就在鏡子前面，對着上面的魔法圖騰默默唸着咒語。

原本映照着賽斯迪樣子的鏡子，卻突然像關上了的屏幕一樣變成黑漆漆一片。未幾，一個模糊的身影徐徐在裏頭呈現。

「賽斯迪，事情還未辦妥嗎？」一把略帶沙啞的聲音在鏡子的另一面傳來。

「對不起，哥哥，我還未找到星光寶石的其他碎片。」賽斯迪單膝跪在鏡子前，鏡子隨即閃出了一道紅光。

浮現在鏡子中的是賽斯迪的哥哥爵尼勒，他一如以往罩着一身黑色斗篷，把他由頭到腳覆蓋着，那道紅光是從他頸項上的咒文映出來的。

「這陣子派出去的魔獸統統被淨化了……」賽斯迪握着拳頭，心有不甘地說。

「被淨化了？」爵尼勒重複着。

「對，就是褐色斗篷口中擁有其中一塊碎片的魔法

少女，還有手握炎神之刃的少年。」

「又是他們！」

「哥哥，一般的小魔獸已經不能對付他們了，不如我們傳送魔法力量更強大的魔獸去地球吧！」

「不可以的……」爵尼勒斬釘截鐵地說。

「為什麼？」賽斯迪不解。

「若果將高級魔獸召喚到地球去，因而出了什麼亂子的話，一定會惹來連番騷動，要是驚動了黑暝領主就不好了！」爵尼勒頓了一頓，壓低嗓門，「絕對不可以讓黑暝領主覺得我們連這種小事也辦不到。」

「那麼請准許我親自去對付他們吧！」賽斯迪恭敬地鞠躬，向爵尼勒請求說，「我曾經跟他們交手，一定可以把他們手中的碎片搶過來的！」

「他們的力量已經今非昔比，現在的你未必是他們的對手。你還是不要與他們硬碰，免得打草驚蛇！」爵尼勒喃喃地說，「這件事我自會處理。」

「可是，哥哥……」

爵尼勒的鏡像漸漸變得模糊，最後如煙一樣消失了，只剩下餘音在空氣中迴盪：「賽斯迪，你再不努力修煉魔法，下次被打得一敗塗地的可能就是你！」

「等一會，哥哥！」賽斯迪對着漆黑一片，沒有影

像的鏡子大叫。

「可惡！誰説我不能打敗他們！」賽斯迪的嘴角微微抽搐了一下，「哼！既然不能以魔法力量應付對手，那麼就攻擊他們的弱點吧！」

賽斯迪伸手向着鏡子射出一道黑芒，黑漆漆的鏡面再次出現變化，這次呈現的是芯言的影像。一臉天真的她正在與同學們在課室一起吃午膳，大家有説有笑的，完全意料不到巨大的危機將至。

「嘻嘻，只要抓住弱點，加以利用就能輕易打倒對方了！」賽斯迪臉上浮現出了一抹詭異的笑容。

※　　　　　※　　　　　※

「騰騰！原來你已回來了！」芯言把房門關上，放下書包來到書桌前，拿起精緻的髮夾説：「今天的偵查有進展嗎？」

髮夾轉動紅寶石一樣的雙眼，確定沒有其他人後便伸出雙手踢出雙腿來。他抖動身體，變回精靈活潑的小兔子模樣。

「還沒有呢！」變身後的騰騰輕輕搖頭，他垂下長長的耳朵，吐出一口悶氣。

「你不是説感應到另一塊星之碎片就在這區域附近嗎？為什麼我們到處找了這麼多天，還是一點線索也沒

有？」芯言懊惱地問。

「我也不知道，但我的確感應到星之碎片的力量，只是它間歇地發出微弱的訊號。」騰騰說，「這些訊息除了我，其他魔法師和精靈也應該感應到！」

「嗯！柏宇也有同樣的想法，相信黑暝秘域已掌握星之碎片的位置，」芯言說，「所以最近從魔幻國派來搗亂的小魔獸越來越多，剛才我和柏宇才遇上了一隻小魔獸呢！」

「什麼？你們遇到了魔獸？」騰騰緊張地問，他跳到芯言的肩膀上查看她有沒有受傷。他追問：「是怎樣的魔獸？那你們有沒有受傷？」

「不用擔心，那是一隻專門到別人夢中搗亂的小魔獸，一定是想藉着夢境查探碎片的消息。剛才對戰時牠弄傷了柏宇的肩膀，還用精神魔法擾亂他的思緒。幸好柏宇意志堅定，輕易就破解了這把戲。」芯言說得歡喜雀躍，她手舞足蹈地把當時的情形向騰騰匯報：「後來小魔獸噴出黏液把我們的手黏住，幸好柏宇人急生智才能把小魔獸制服！」

「太危險了！」騰騰嚇得蹦跳起來，他雙掌陷入脹鼓鼓的臉頰說，「要是遇到更強的魔獸就麻煩了！以後我還是不要與你們分開調查比較安全！」

「騰騰，你忘記了嗎？經歷上次穿越時空的魔法學校之旅，得到奧滋丁校長的指引後，藏在我體內的紫晶淨化力量已變得穩定！」芯言揚起彎彎的眉毛，得意地笑說，「而柏宇體內的魔法潛能亦提升了許多！」

「柏宇那段奇遇竟令他取得炎神之刃，我的確不能輕視他的本領！」騰騰的臉上浮現出驚歎的神色。

「放心吧，我和柏宇是好拍檔，我再也不是以前那個膽小怕事的芯言了！」

「真想不到你們在短時間內能夠有這樣的進步，我真希望可以儘快找到其他的拍檔！」

「其他的拍檔？」芯言問騰騰。

「嗯，就是其他星之碎片的主人。經過仔細的調查後，已確定被毀的星光寶石碎片散落在地球。星光寶石蘊藏着無窮的力量，而每一塊碎片都分別擁有各自的力量，我們要集合所有星之碎片才有機會對抗黑暝領主！」

「那麼說來，到底還會有多少擁有不同力量的星之魔法少女？」

「芯言你擁有的是淨化的紫晶力量，上次你們在時空裂縫遇上的希比擁有禁鎖的紅晶力量，而星光寶石的轉化力量和復原力量還未出現。」騰騰伸出前掌來，猶

豫地數着短短的手指，「還有沒有遺漏呢？」

「啊！那麼出現在我們附近的是哪種力量的碎片？」芯言問。

「這我也不知道，星之碎片會發出互相吸引的能量，所以它常圍繞在我們附近。」騰騰搖搖頭說，「星之碎片不可落入黑暝領主手中，一旦碎片再次被毀，或者變成黑暗力量，星光寶石就無法結合及還原了，我們必定要儘快找到其他碎片！」

英俊的代課老師

「鈴……鈴……」上課的鐘聲已響起來，五年乙班仍然傳出一片嘈雜的聲音。

「什麼？今天會有新的數學代課老師？」珈嘉睜大眼睛問。

「他就是在林老師放產假時代替她嗎？莫非林老師的小孩提早出生了？」煦穎縮了一下脖子，臉上帶着難以置信的表情。

「有可能是個很英俊的男老師啊！」愛欣托着腮幫子，滿心期待地說，「聽說他是位剛畢業的老師呢！」

「今天經過教員室時看到一個高大的背影，難道就是他？」爾璇一邊打着呵欠，一邊自言自語。

「不知他會不會安排很多測驗呢？」芯言支着下巴擔心地說，心有靈犀的與隔着兩行座位的芝芝相對望，芝芝則向她報以「別擔心」的微笑。

「你們都不用想太多了，」坐在最接近課室門口的司徒若禮指着門外，表示代課老師已經來到門口了，「謎底很快便會揭曉！」

「咯咯……」敲門進入課室的是一位二十來歲的男

老師，他身材高大，外貌帶點異國風情，他在後腦束了一條小辮子，嘴角掛着燦爛的笑容。

全班霎時起哄，響起議論連連的聲音。

樣子俊秀的代課老師穿着一身輕便的服裝，白色短袖襯衫加上窄身條紋長褲，渾身散發着活力。他推了推金絲眼鏡，帶着熱情的笑容環視課室一圈，眼神與每位同學逐一四目交投。

「各位同學早！」大概過了一分鐘後，男老師禮貌地向同學們點頭問好，「我是在未來三個月代替林老師任教數學課的老師，你們可以叫我卡爾。」

「啊！」班長晴晴差點忘記叫同學向老師行禮：「起立，敬禮！」

「卡爾……老師早晨！」同學們齊聲說。

「真的是他呢！今早我已經見過他的背影！」爾璇細細說。

「他看來很年輕啊！就像比我們大幾歲的樣子。」

「他長得很像那位新晉歌手！」珈嘉抓抓頭顱，說，「不過我忘記了他的名字！」

「不知代課老師是什麼星座呢？」愛欣說。

「到底他那頭藍色長髮是天生的，還是染上去的呢？」

同學們你一言、我一語的，課室彷彿進入了菜市場大減價的瘋狂時段。

　　「咳咳！」卡爾說，「也許大家也想認識我多一點，讓我自我介紹一下吧。我是今年才畢業成為老師，我的志願是做一位能夠跟同學成為好朋友的老師。我最愛的科目是數學，平日喜歡看漫畫和玩電子遊戲機。假日會去游泳，也會跟朋友組隊玩逃生遊戲！」

　　「嘩！喜歡看漫畫、打電玩和玩逃生遊戲？」大家對卡爾老師的自我介紹感到震驚，從沒有老師這樣介紹自己的。

　　「卡爾老師喜歡哪款電玩？什麼時候會上線？」

　　「逃生遊戲聽上去很有趣啊！我們可以跟你一起去玩嗎？」男生們追問着。

　　「如果大家有興趣，我可以向學校提議舉辦一次逃生遊戲的活動呢！」卡爾點頭。

　　「好啊！」此話一出立即惹來眾人歡呼，掀起一陣騷動。

　　「真好！卡爾老師沒架子，又有趣！」同學們竊竊私語地談論着面前的代課老師。

　　「不過……前提是……」卡爾打開書本，頓一頓說，「你們的數學成績有顯著進步呢！」

「嗄！」大家失望地答。

「放心吧，我很有信心令同學在這幾個月內變得更喜歡數學課！」卡爾露出最親切的笑容，提議說，「這樣吧，為了讓我更了解大家，請你們逐一介紹一下自己，好嗎？」

卡爾把雙手插進褲袋，在每行座位之間慢慢踱步，用心記着每位同學的容貌，說：「請把你們喜歡和不喜歡的東西告訴我吧！」

「好啊！」身為班中活躍分子的莉莉主動舉手說，「就由我開始吧！我叫莉莉，喜歡畫畫，是話劇組的成員，不喜歡吃辣。」

「我是煦穎，最愛跳舞，還有看電影，最討厭飛蛾。」留了一頭柔順長髮的煦穎說。

「我是若禮，是一個數學天才，最喜歡解答深奧的數學題目，最不喜歡太淺易的數學題目。」架着厚厚眼鏡的宅男系會長司徒若禮在介紹自己時，完全沒有臉紅的樣子。

「我是芯言，我最喜歡我的好朋友芝芝，最不喜歡測驗和考試。」芯言吐吐舌頭說，「對不起，我今天忘記帶數學課本。」

「我叫芝芝，我也最喜歡芯言，我沒什麼不喜歡

的。」文靜的芝芝望向芯言，温柔地説。

「我是戴紹輝，大家也叫我大笑輝。我最喜歡風趣幽默的男生，呵呵，就像老師一樣。最討厭的嘛！當然是沉悶的男生。」紹輝是班中帶動氣氛的核心人物，有他在的地方不愁沒有笑彈，他故意誇張地擠眉弄眼，裝作女孩子害羞的樣子，全班也被他的話逗樂了。

大家相繼介紹了自己，此舉除了令卡爾認識大家，也令同學之間了解更加深入。

卡爾摸摸下巴，用心地記住同學們的名字和喜好。過了一會，再沒有同學舉手，於是卡爾問：「還有沒有其他同學仍未介紹自己？」

同學們面面相覷，其中一位女同學指着最後排的柏宇説：「還有高柏宇，不過不認識也沒太大分別，因為他大部分時間都在睡覺。」

「高柏宇？」卡爾走過去埋首桌面的柏宇跟前，輕輕敲了一下他的桌子。

柏宇揉着惺忪的雙眼從夢中醒來，他茫然抬起頭問：「午飯的時間到了嗎？」

「哈哈！」課室傳來一陣笑聲，柏宇才發現剛才自己睡着了。他抓抓翹起來的頭髮，望着面前初次見面的卡爾説：「咦，你是新來的同學嗎？」

在課堂上，柏宇總是帶着一副懶洋洋的姿態，由於他一向是班中的獨行俠，大家對他也不是太在意。

「你好，柏宇同學！剛才也許你不小心睡着了，錯過了我的自我介紹。」卡爾老師雙手按在柏宇的桌子上，微笑對他說：「我叫卡爾，是數學代課老師，你有什麼特別的喜好嗎？」

柏宇挺直腰板靠着椅背伸了個懶腰，同時不刻意地打量着卡爾眼鏡背後深邃的碧藍色眼珠。

「我嗎？」柏宇擦擦鼻子，說，「我最喜歡就是睡覺了！」

鬧哄哄的聲音再次響遍課室，大家你一言我一語的繼續討論自己的喜好。相對比較年長的其他老師，年輕的代課老師似乎很了解小學生的喜好，令學生覺得完全沒有代溝，一轉眼便融入了學生之中。

下課鈴聲在歡樂的氣氛下響起，卡爾在課堂的第一天已經獲得大部分同學的愛戴，令他榮升為五年乙班最受歡迎的老師。

精美的髮夾

臨近期末考試，老師為了預留更多時間給同學溫習，課後的興趣班統統暫停舉辦。放學後的校園變得特別冷清，靜得連校工叔叔在操場掃落葉的聲音也能傳到每一個課室。

芯言加快步伐從教員室回到五年乙班課室，所有同學都離開了，只剩下林芝芝低下頭認真地溫習。

「芝芝，不好意思，我遲了回來！」芯言氣呼呼的跑到芝芝跟前。

「不打緊，你已把大家的習作拿到教員室了嗎？」

「嗯，不過中途遇上小意外，我在二樓走廊碰上卡爾老師。突然不知怎地颳出一陣怪風，把習作紙吹得四散，有些飛到儲物櫃底，有些飄到操場，卡爾老師和我好不容易才把三十多份習作逐一拾回來。」

「這麼奇怪？」芝芝低聲驚呼。

「唉，算我倒楣吧！」芯言聳聳肩，撥弄着蓬鬆的頭髮，說，「你看！我的頭髮也吹歪了！」

「幸好你能夠把所有習作紙拾回來，否則要同學重做就麻煩了！」芝芝輕輕拍掌，感激地說。

「嗯，要不是受班長所託，我也不用東奔西跑！」芯言捶着酥軟的雙腿。

「總算不負她所託！」芝芝笑了。

「啊，剛才有一份習作吹到半空，卡爾老師輕輕一躍便抓住了，我猜他應該是個運動健將！」芯言繪聲繪影地把剛才的情景向芝芝闡述。

「我覺得卡爾老師會是一個很有趣的代課老師呢！」芝芝想得出神。

「對啊，他跟一般的老師不一樣，很親民呢！」芯言點頭和應，「而且他有一雙碧藍色的眼珠，可能是個混血兒呢，聽說鄰班的女同學也在小息時走到教員室來一睹他的風采！」

「真的嗎？」芝芝露出一臉難以置信的表情。

「相信卡爾老師的粉絲會很快便會成立了！」

「那麼你也會做他的粉絲嗎？」芝芝試探說。

「如果你加入的話，我便一起加入！」芯言偷偷笑說，「看來你對卡爾老師的印象不錯吧！」

「才沒有呢！」芝芝連忙搖頭否認。

「是呢！這個是卡爾老師剛才給我的，」芯言從口袋取出一個髮夾，遞向芝芝，「他說自己第一次當代課老師，預備了許多小禮物送給學生。我覺得這髮夾戴在

你頭上更合襯，就轉送你吧！」

　　「不！這是卡爾老師送你的禮物，我怎可以接受？」芝芝慌忙擺手拒絕。

　　「我已經有騰……嗯，有兔子髮夾，這是我的幸運髮夾，我不會換別的呢！」芯言指着頭上的髮夾說，「別浪費了老師的心意，請你代我收下吧！」

　　「這……」芝芝望着芯言遞給她的藍色髮夾，那是一隻長形髮夾，上面鑲了幾顆深淺不一的藍色玻璃珠子，驟眼好像閃出奇妙的光，好不別致。

　　「別推搪了，我替你戴上吧！」芯言用指尖輕輕把芝芝前額的頭髮撥到一邊，把髮夾夾在耳際，「你看，換了個髮型一下子變得多麼可愛！」

　　芝芝從書包拿出一塊小鏡子來，在倒影看到額前髮飾，她把頭左擰右擺，輕蹙眉頭說：「這樣撥開瀏海露出前額，看上去會不會很奇怪？」

　　「哈哈，怎麼會，只是你還未習慣吧！」芯言定眼望着眼鏡後面芝芝那雙清澈明亮的眼睛，「怎樣看芝芝也是個美人兒，既溫柔又和善，還非常善解人意！」

　　「芯言你別取笑我了！」芝芝被芯言讚得耳朵也變紅，她收起鏡子，一本正經地說，「時間不早了，我們快些開始溫習吧！」

「嗚……」芯言抿起嘴巴。

「芯言同學，你今次的英文測驗差點不及格，我要重新教你一遍！」芝芝收起笑容，嚴厲地對着芯言說。

「是的……芝芝老師！」芯言苦着臉說。

溫習的時間過得特別漫長，芯言感激芝芝的耐心關顧。她已經很努力學習，可是成績總是不太理想。對着面前聰穎過人的芝芝，芯言有時候也會感到氣餒。

空中的雲彩被染成金黃色，夕陽漸漸下沉，芝芝替芯言的補課終於完結，二人在耀眼的雲彩下踏上歸家之路。

「幸好明天是星期六，我們可以睡到『自然醒』呢！」芯言合上雙掌放在臉頰，感動地說。

「不行啊！我明天大清早要去補習啊！」芝芝說。

「我記得你說過周末的日語班已經完結了，不是嗎？」芯言問。

「嗯，日語班已經完結了，明天開始我會學法文，上課時間比平日上學還要早呢。」芝芝回答說。

「什麼？你剛學成一種語言，緊接又學另一種，難道不覺累的嗎？」芯言縮了一下脖子，一臉難以置信。

「還可以，只要有足夠的休息便不覺疲累。」芝芝微笑說，「不同語言也有一些共同的特色，而且多學一

些外語對將來遊歷也有幫助啊！」

「可是現在有翻譯工具，不用學也可以跟外國人溝通啊！」芯言反駁。

「那不一樣的，在學習一個國家的語言時，同時也會接觸更多有關那個國家的歷史、文化，會對別國的認識和感受更深入呢！」芝芝說。

「有一個懂得多國語言的朋友，我感到很厲害呢！」芯言笑了，「芝芝，你果然是班中的高材生！難怪老師們這麼喜歡你！」

「說到喜歡，芯言才是全班最討人喜歡的同學，有你出現的地方就會帶給大家歡樂，我真的很羨慕你！」

「大家也很羨慕你才對呢！」芯言扭着芝芝說，「芝芝又溫柔又聰明，全世界我最喜歡芝芝了！」

芝芝被芯言逗得樂了，她問：「那你這兩天睡到『自然醒』後有什麼計劃？不如星期天下午你到我家來，我們一起溫習？」

「不，我要跟柏宇預備廣播劇呢！」芯言板起臉嘟嚷說。

「每逢小息你們已經常常待在一起傾談，到了假日還要跟他相約練習嗎？」芝芝聽罷，神情落寞地回應。

「對啊！」芯言突然想起什麼，「我們的進度比別

人落後很多，要趕緊完成故事劇本，才能在下星期的死線前錄製！」

「你們的故事劇本還未寫好嗎？」芝芝訝異地問，「你們最終選的廣播劇主題是什麼？」

「主題是柏宇堅持要選的『魔法』啊！」芯言帶着埋怨的語氣，臉上卻掛着一副愉快的神情。

「魔法？」芝芝好奇地問，「還是魔術？」

「是魔法啊，我們的廣播劇是講述一隻魔法精靈勇救公主的故事！」

「柏宇就是那精靈，你就是公主吧！」芝芝眼珠兒一轉，猜測說。

「錯了，我才是那隻魔法精靈，哈哈！」芯言故意壓低聲線，用沙啞的聲音說：「而公主因為被施下魔法咒語，所以變成了男生，柏宇就是聲演那個變了男生的公主！」

「聽上去很有趣呢，」芝芝掩着嘴巴偷笑，「我很期待聽到你們的演出呢！不過關於『魔法』，資料搜集會有難度吧！」

「不用擔心，對於『魔法』這方面，柏宇滿腦袋的點子多的是！」芯言用指尖敲敲腦袋，帶着讚歎的語氣。

「嗯。」芝芝淡淡回應。

「那你跟司徒若禮合作的廣播劇錄製好了嗎？」芯言問。

「已經完成了，一如所料，司徒若禮滿腦子離不開數學難題，於是我們選了數學的起源來作廣播劇的主題。」芝芝歪着頭苦笑說，「內容大概是我們誤打誤撞坐上了時光機穿越時空，來到不同國家的過去探討數學的起源。」

「我對數學的起源不太感興趣呢！」芯言把手掌輕輕拍打前額，無奈地說。

芝芝用力點頭，非常認同芯言的話：「錄音時司徒若禮表現得很興奮，不過我就覺得內容不怎麼吸引。」

「聽說大部分的同學已完成了廣播劇的錄音檔案並交給老師，我也要加把勁才行！」芯言皺起眉頭，說，「聽說最高分的一組會在課堂上播放呢！」

「有什麼地方需要幫忙就找我吧！」

「謝謝你啊！」芯言的眼睛閃閃發亮的望着芝芝，她裝出一副感激流涕的樣子，把芝芝弄得啼笑皆非。

一彎新月呈現在漸漸暗淡的天空，昏黃的街燈一盞一盞亮着。

走着走着，芯言望着地上拉長了的影子在晃動，她感到有點不對勁，卻又說不出原委。

「怎麼芝芝的影子跟她的步伐不太一致？」芯言把雙眼瞪得大大，她凝視着芝芝踩着的黑影陷入沉思。

芝芝腳下的那道影子彷彿察覺被芯言盯着，又再乖乖跟着芝芝的身體移動，不再偏離。

芯言目不轉睛的盯着芝芝的影子，卻再沒發現什麼異樣。

「芯言，怎麼了？」芝芝見芯言想得入神，伸手放在她肩膀拍了一下。

「啊！」芯言一怔，望着芝芝溫柔地對着她微笑，「沒……沒什麼！」

「莫非剛才溫習太用神令我眼花看錯？」芯言揉揉眼睛，暗自道。

「我走這邊，下星期見！」來到分岔口，芝芝揮手向芯言道別。

「哦……」芯言不以為意，目送走遠了的芝芝，「下星期見！」

特別的寵物

　　夕陽慢慢沒入地面，芝芝沒有為意自己腳下的影子晃動得越來越厲害，彷彿快要從地面跳出來。她走着走着，一陣薑花的清香闖進了芝芝的鼻子，原來她已走進了種滿色彩繽紛花卉的翠麗公園。

　　翠麗公園是芝芝回家的必經之路，芝芝最喜歡嗅到這裏的青草味和薑花香氣。最近她更喜歡在公園逗留，與她的新朋友見面訴説心事兒。

　　一陣微風吹過，樹葉沙沙作響，花朵樹葉跟着微風翩翩起舞。

　　芝芝走到一棵大松樹前站住了腳，樹下的草叢在猛烈搖曳，一個白色的東西在葉子間穿過。

　　「毛毛！」芝芝在草叢裏看到一隻白色毛茸茸的小毛球。

　　圓圓的小毛球歪着臉望着芝芝。

　　「你等了很久嗎？」芝芝説，「不好意思，今天我要替芯言溫習，晚了一點來，你餓了嗎？」

　　小毛球突然跳上芝芝的手臂嗅着她的手掌。

　　「想吃點東西嗎？」芝芝靠在松樹旁蹲下來，她打

開書包，把早已預備的曲奇餅拿出來，遞給小毛球。

小毛球坐在芝芝的手掌，雙手捧着一塊鬆軟的曲奇餅，吃得津津有味。

「這是奶油香草味的曲奇餅，我猜你會喜歡！」芝芝望着小毛球滿足地吃着。

自從在生日那天遇到小毛球後，芝芝就很想把牠帶回家，可是她知道媽媽必定不會答應給她收養寵物，更莫説是這麼特別的寵物了！芝芝唯有把小毛球藏在公園裏，給牠找了個隱蔽的窩，每天把食物偷偷帶給牠。

小毛球吃過食物後，滿足地躺在芝芝的懷裏，等待芝芝替牠梳理雪白的毛髮，然後像朋友一樣告訴牠當天發生的事情。

「毛毛，今天學校來了位代課老師，他的樣子看來比我們大幾歲，感覺平易近人，同學們都很喜歡他呢！」芝芝笑説。

小毛球只是閉上眼睛，享受芝芝的撫摸。

「明天我一早便會去補習，補習前我帶些麵包來給你吧。你喜歡喝牛奶嗎？還是想喝果汁？」

「毛毛，下星期便是期末考試了，我剛才替芯言溫習了兩個單元，可是她怎樣也記不上心，好像常常心不在焉的，我很擔心她的成績呢！」芝芝用掌心輕撫着小

毛球，喃喃地說，「最近她總是與柏宇來往，彷彿有什麼秘密……」

芝芝皺着眉頭猶豫了半晌，說：「其實不知為何，我有點害怕芯言會漸漸疏遠我……」

看到芝芝的沮喪，毛毛彷彿感到心疼，牠輕輕一躍跳上了芝芝的肩膀，發出嗚嗚聲安慰着她。

突然，芝芝頭上的髮夾閃出一下藍色的光芒。隨着藍光閃現，芝芝原本透徹明亮的眼珠兒變得稍為混濁，而一切的變化芝芝都不自知。

小毛球的耳朵動了動，原本柔軟的毛髮一下子直豎起來，小毛球的外形立刻變成大毛球。

牠爬到芝芝的肩膀嗅了嗅，突然「咿咿」尖叫了幾聲，一轉身便跑開。

「毛毛！你要去哪？」芝芝站起來追着牠，可是小毛球沒有理會，一溜煙的跳進草叢去，「這裏還有曲奇餅啊！」

芝芝目送小毛球消失在草叢內，她無奈地歎了口氣：「我還未說完呢！我還想跟你好好的分享啊！」

芝芝感覺胸腔有點鬱悶，是種難以言喻的失落感，她忍不住喃喃地抱怨起來：「難道連你這隻小毛球也要離棄我，連你也要似他們一樣不理我？」芝芝說到委屈

處，不自覺掉下兩行眼淚。而同一時間，她不止眼珠的顏色逐漸變得混濁，連帶在閃耀着藍光的髮夾旁那些頭髮，都似向外擴散般被染成深藍色。

是真實？還是幻覺？

但放在眼前的事實告訴芝芝，芯言的確曾為了柏宇而在她生日那天中途離座，為了與柏宇練習廣播劇而推卻她的邀請，為了不想柏宇捱餓而把自己親手做的飯糰轉贈給他，最近就連平日的小息和午後小休也大多跟柏宇待在一起。

芝芝分不清，只知道眼前出現一幕又一幕疑幻似真令她妒忌又傷感的影像，那是芯言，還有柏宇，他倆結伴而笑。而站在芯言身旁的柏宇，彷彿取代了昔日芝芝在芯言身邊好友的角色。

「芯言……」芝芝伸手想拉着面前的芯言。

周遭的環境漸漸轉暗，只有一束光線照射着二人。芯言向着芝芝露出同情的笑容，然後背向她帶着光越走越遠，黑暗中芝芝獨自一人，再次變回從前那個孤單的小女孩。

芝芝將身體蜷縮成小小的一團坐在松樹下無力地抱膝啜泣。哭到傷心處耳邊傳來一把細碎而溫柔的聲音：「芝芝……」

那是一把仿似懂得安慰人心靈而帶點煽動的聲音。

芝芝抬頭拭着眼淚，然後左顧右盼，被夕陽薰染得金黃的公園根本沒有其他人。

「不要再哭了……」一把輕柔的聲音在耳邊低喚，「來，跟我在一起。」

「你是誰？」芝芝再次轉身，可是她發現身邊什麼人也沒有。

她搓了搓眉心，自言自語道：「我是不是太累呢？」

「別欺騙自己。」

「你究竟是誰？」芝芝保持警戒，站起來四處察看，「我沒有欺騙自己！」

「你有啊！」對方肯定地説。

「我沒有！」芝芝的聲線出現一絲猶豫，她的腦海一下子彷彿被注入一些莫名其妙的訊息。

「難道你不能感受大家對你的失望嗎？」

「我……」芝芝感到頭很重，就像被重物狠狠地壓着一樣。

「你心裏非常清楚，芯言已經不再需要你，不願再跟你做朋友了！」

「不會的……芯言只是……」

「你沒看到嗎？她一次又一次的把你拋下……」

「不是的！」

「你把她當成最好的朋友，她卻對你置之不理……她不值得你為她付出！」那把聲音故意離間二人的感情。

「不要說了！」芝芝感到頭痛欲裂，而且胸口很緊，壓得她快要喘不過氣。

「讓我來幫你吧，幫你取回原來屬於你的好朋友。」

「你來……幫我？」

「我們一起去對付曾經弄哭你、遺棄你、搶去你好友的人吧！」

最後一句「搶去你好友的人」令芝芝心頭一震。

「來吧！我就送給你一顆堅強的心，喚醒你潛藏的壓抑！」

然後，那把聲音變得越來越遠，眼前的景象也逐漸模糊……

一個披着斗篷的男生出現在芝芝的身後，他一臉滿意的笑道：「就錯有錯着，終於給我逮到星之魔法少女的弱點了。」

芝芝感到很睏，她的身體彷彿變得輕飄飄的，眼皮

卻漸轉沉重。

　　那男生張開雙臂往外伸展，黑色的煙霧漸漸包圍着
芝芝，他嘴角戲謔而邪惡的微笑：「你不會再感到孤
獨。」

　　瞬間，芝芝那雙眼眸僅餘的一點清澈亦化作混沌。

迷惑人心的魔法

這天晚上，烏雲把天空完全遮蔽，大地被闇黑的氣氛重重包圍，天空降下綿密細雨，一切看起來都不太尋常。

騰騰、芯言和柏宇都分別感到一股魔法力量正逐漸壯大，於是偷偷翻開被窩溜出來查探究竟。可是，當他們一行人來到樹林，眼前的是難以解釋的一幕。

他們發現，被雨水弄得渾身濕透的芝芝竟然危坐在離地數米的大樹枝頭上。她身穿寬身睡衣，連眼鏡也罕有地沒有戴上。

「什麼？芝芝怎麼會在這裏出現的？」柏宇抬起頭指着樹幹上的芝芝，驚訝地問芯言。

「芝芝！芝芝！」換上華麗戰衣的芯言騎在變大了的騰騰身上，她對着芝芝大喊，可是芝芝竟然無動於衷，自若地晃動雙腿。

笑容欠奉的芝芝以混沌一片的眼眸掃視面前的眾人，與平日親切溫柔的她簡直是判若兩人。

「騰騰，芝芝她怎麼了？」芯言激動地問騰騰，她打算爬上樹卻被騰騰阻止。

「她⋯⋯好像聽不到你的叫喚!」騰騰凝視着面前感覺陌生的芝芝,她原先烏亮的秀髮變得暗淡無光,混濁的眼神不帶一點神彩,骨子裏還隱隱滲出一股黑暗的氣息。

騰騰對芝芝的異變感到非常不安,他的眼睛發出火紅的光芒,全身的軟毛都聳立起來戒備着。

是危機感應,騰騰感到前所未有的壓迫感覺!

「難道是夢遊?」芯言放聲大叫,「芝芝!我是芯言啊!你快醒醒!」

「你們看!」此時,柏宇發現在另一棵樹的樹幹上站立了一隻手掌般大的灰色小魔獸,小魔獸不懷好意地盯着芝芝。

「芝芝看來是被那隻魔獸控制了思想,失去了自我意識!」騰騰猜測。

柏宇解開領口,摺起衣袖說:「我們分頭行事,你們照顧芝芝,讓我來收拾這魔獸吧!」

「可是醫師說你肩膀的傷⋯⋯」芯言指着柏宇的肩膀。

「不礙事!」柏宇輕輕轉動肩膀,好讓芯言安心,他隨即面向頭上長着三隻角的小魔獸,擺出作戰姿態。

「芝芝⋯⋯」芯言望着木無表情的芝芝,非常擔心。

「看我的！」柏宇右手熟練地祭出火魔法凝聚起一個火球，預備向露出獠牙的小魔獸發動攻擊。

小魔獸不甘被柏宇挑釁，頭上那三隻角漸漸變尖，嘴裏發出低沉的咆哮聲，似乎作好迎戰的準備。

「受死吧！」柏宇把火球瞄準小魔獸，他大喝一聲，一連串火球以高速射向目標。

但意想不到的是，柏宇這個出奇不意的快速攻擊，竟然被小魔獸輕易避過。一連三個火球擊落在樹幹之上，火種迅速蔓延。

「柏宇，你發出的魔法火焰太厲害了，連濕潤的樹枝也能燃點。讓火種蔓延的話可會是一場可怕的山林大火，不可以再用火攻啊！」騰騰着急地説。

「可惡！」柏宇伸出另一隻手，以水魔法噴出水柱把火種撲滅，然後他加大水柱的力量，聚合出一個水龍捲般追着小魔獸攻擊。

小魔獸乍見水龍捲，立即翻身躍起撲向坐在樹幹上的芝芝，打算找她來作掩護。

「危險呀！」騰騰與芯言心意一致，他載着芯言飛向芝芝，想要把她拉開。

「芯言，快張開魔法保護網吧！」柏宇趕不及收起魔法水龍捲，唯有大聲提示芯言。

芯言一怔，然後回過神來，口中唸出咒語：「紫晶星光力量……」

但誰也沒想到，原本一直坐在樹幹上毫無動靜的芝芝，竟突然跳過來擋在小魔獸之前！

「危險啊！」芯言急得連咒語也忘記唸下去。

水龍捲直撲芝芝！

就連騰騰也顯得束手無策之際，芝芝徐徐地伸出雙手，在那白裏透紅的皮膚下隱約透出黑色的血管，掌心慢慢祭出一團黑霧。

「什麼？」芯言、柏宇和騰騰異口同聲叫道。

那團黑霧迅速擴散，竟反過來把柏宇轟出的水龍捲團團包圍，再擠壓，然後壓縮得像一個排球大小一樣的黑球。

吞沒水龍捲的黑球似有生命般自行飄浮到芝芝面前，面無表情的她不發一言，目光轉移到轟出水龍捲的主人身上。

是柏宇！

一向欠缺運動細胞的芝芝，竟然以迅雷不及掩耳的姿態，站在樹上擺出一個排球攻擊的架式。

「轟隆！」芝芝以扣殺的手勢把那個包裹着凌厲水魔法的黑球以高速狠狠轟向柏宇身上。

「怎會這樣的？」柏宇連忙召喚土魔法中的防禦陣，霎時間從地面生出的防禦土牆撞上芝芝轟回來的黑球。

「嘭——」

黑球爆破，土牆崩解。

激烈氣流就如一把大鐮刀瘋狂亂割周遭的大樹，柏宇被彈向數米外的大樹，重創他那受傷的肩膀。

「啊！」柏宇痛得躺在地上站不起來。

樹葉斷枝散落一地，樹林變得滿目瘡痍。

芯言和騰騰呢？

在千鈞一髮之際，騰騰把一雙原本已很大的耳朵再變大，如傘子一樣張開擋在他們面前，把迎面而來的衝擊波反彈開去。

「哎……很痛啊……」騰騰把耳朵收起，芯言亦從騰騰背上落下來。她驚覺，原來剛才騰騰為了護着她，竟被衝擊的力量割得滿身傷痕。

「騰騰！」看到一身傷痕的騰騰，芯言的眼淚快要奪眶而出。她怪責自己的反應太慢了，假如她能夠早一點使出保護魔法，騰騰就不用受傷了。

騰騰抬頭望着被黑氣環繞的芝芝，道：「芯言，你看！芝芝身邊這股黑色魔法氣旋很不尋常，似乎不是魔

法元素所產生的力量，而是……」

「而是什麼？」芯言發現芝芝目光一直沒有離開過受傷躺在地上的柏宇，她不發一言地牢牢盯着他。芯言發覺，芝芝的眼神隱隱有種恨意。

是妒忌。

芝芝怎可能對柏宇懷有恨意？而且還是來自妒忌的恨意？

「力量的源頭似乎是一種來自情緒的精神力量……只有黑暝領主的黑魔法才有可能辦到！一般小魔獸根本沒有這般能耐！」騰騰的眼神罕有地流露出驚恐的神情。

就在騰騰還未想通時，芝芝竟模仿柏宇在掌心祭出一個黑色火焰球，來勢洶洶地攻向柏宇！

肩膀傷上加傷的柏宇完全無力站起來反抗，他只得眼巴巴看着黑色火焰球轟至，而受傷的騰騰亦沒法子伸出援手。

除了一個人，她還有能力改變局面。

「芝芝，停手啊！」芯言的瞳孔閃着火光，她雙手握着魔杖唸起咒語，星之碎片中的紫晶力量從魔杖激射而出，把芝芝轟出的黑色火焰球攔下。

芝芝討厭芯言一而再，再而三幫着柏宇，妒忌生出

恨意，恨意推動力量，她毫不猶豫雙手全力祭起一個更大的黑色火焰球，狂轟猛打的襲向柏宇和芯言。

面對這猛烈的攻擊，芯言毫無選擇的餘地，為了保護柏宇，她驅動紫晶力量中最強的防衞力量，高聲喊：「紫晶鎖鏈防衞網！」

芝芝的黑魔法力量跟芯言的紫晶力量頃刻在激烈抗衡比拼！

騰騰知道以芯言所擁有的魔法力量絕對能夠輕易取勝，但他亦太了解芯言，芯言不會傷害自己的朋友，更何況芝芝是她最要好的摯友。此消彼長之下，黑魔法力量漸漸壓倒紫晶力量，而芯言用紫晶力量築起的防衞網開始布滿裂紋。

豆大的汗珠在芯言的額角冒出，芯言擔心身後的柏宇，但她亦關心眼前向她施以全力一擊的芝芝。她既要保護柏宇，同時不想傷害芝芝，再這樣下去，芯言一定會被黑魔法所吞噬的！

「芯言……」柏宇勉力地用右手聚起火魔法。

芯言知柏宇心意，於是急喊：「絕不可以攻擊芝芝的！」

話未說完，半空閃現一道劃破天際的紅光。

戰鬥現場發生劇變，在芝芝身後竟出現一股比地獄

之火更熾熱的火魔法力量。那股力量不單穿透了圍在芝芝身邊的黑魔法力量，更瞬間團團繞着芝芝盤旋。

那團火滿有生命力，更漸漸生出一種令芯言、柏宇熟悉的形相……

是鳳凰，是渾身帶火的不死鳥火鳳凰，她有把一切黑暗力量解除的威力。

那火鳳凰展開長長的翅膀圍繞着芝芝飛翔，她嘗試拍翼驅散黑霧，想把黑魔法消弭，可是頑強的濃霧不斷滋長，把芝芝包裹得更緊。

「熒熒！」上空傳來一聲指令，火鳳凰隨即飛向半空，依附在少女的手臂上化成一把火紅色的弓。而一臉驚惶的芝芝回身仰望，與空中的長髮少女四目交投。在電光火石之間，芝芝有一下子感到自己全身不聽喚，心靈彷彿被掏空似的。

少女以居高臨下的角度作出英姿颯颯的挽弓姿勢，箭頭直指向芝芝……

「希比，不要啊！她是我朋友！」

「颯——」

鳳凰之箭激射而出，蘊含強大的火魔法力量把「目標」身軀穿透，然後瞬間燒得灰飛煙滅。

原來希比剛才消滅的就是騰騰口中的始作俑者——

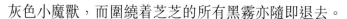

灰色小魔獸，而圍繞着芝芝的所有黑霧亦隨即退去。

　　隨着一聲雷響，籠罩着樹林的黑魔法逐漸散去，而隱身一角觀察着一切的「他」冷哼一聲後消失退場。

　　芯言解除戰衣，不理傷勢跑上前接應，由始至終她也是把朋友放在第一位。

　　「芝芝！」芯言激動地把倒地的芝芝一擁入懷。

「放心吧，她只是暫時暈過去。」發箭為芯言解圍的希比從半空緩緩落下，她伸出手來，使原本掛在手臂上的弓變身回復鳳凰的模樣。

剛才的火魔法消滅了小魔獸，同時紫晶光芒驅散掉入侵芝芝身體的黑魔法，使芝芝因體力不繼而昏睡不醒。

小魔獸既被消滅，芝芝理應解除魔咒，至少芯言希望如此。

「謝謝你，希比。」芯言的眼睛泛出淚光，感激希比再次出手相助。

「我今次來這裏，是有另一件重要的事需要與你們商量。」希比說罷，一把尖細的聲音從站在她肩膀上的鳳凰口中道出：「是關乎另一塊星光寶石碎片的下落。」

「什麼？原來你懂得說話？」騰騰也變回兔子模樣的大小，他瞪大雙眼，驚訝地對着鳳凰說。

「連你這隻胖兔子也懂說話，怎麼可能我不會？」高傲的鳳凰瞟了騰騰一眼，自顧用嘴巴好整以暇地梳理火紅色的羽毛。

「熒熒……別放肆！」希比示意鳳凰不要胡鬧，可是鳳凰似是不太合作。

「哼！」騰騰一肚子氣，在魔幻國內，從來沒有誰敢對他如此無禮，他可是公主的守護精靈呢！

　　「原來你叫燊燊！」芯言嘗試打破僵硬的氣氛，「也許你跟騰騰可以成為一對好朋友呢！」

　　「才不要。」燊燊帶着鄙視的神情別過臉，「我不喜歡笨蛋的。」

　　生氣的騰騰整張臉漲得緋紅，當他正想反擊，卻被柏宇搶先一步説話。

　　「是呢，你剛才説要商量的事……」柏宇緊緊按住受傷的肩膀，向希比説道。

　　希比突然神情戒備地環顧四周，她向着芯言、柏宇説：「但似乎這裏不是談話的好地方。」

　　受傷的柏宇雖然不太清楚情況，但他選擇相信希比。他勉強撐起身，撫着一傷再傷的右手，説：「這裏距離我家最近，我爸爸又不在家，不如大家先來我那裏再説吧。」

　　「但芝芝和你都受了傷，應該要先醫治……」芯言猶豫着。

　　希比拍一拍腰間小袋，續道：「我可以治好你們身上的傷，不用擔心，請你帶路吧。」

大屋的神秘結界

天上的烏雲漸漸退去，黑漆漆的夜空之中出現罕見的流星羣，令這深沉的黑夜籠罩上了一層異樣的色彩。

希比、柏宇和芯言帶着受傷暈倒的芝芝，一行四人在騰騰和火鳳凰焱焱的護衛下安全返回柏宇所住的大屋。他們剛走進去，騰騰就有種難以言喻的熟悉感覺，這感覺……似曾相識，卻不能解釋。

雖然芯言曾把兔子髮夾模樣的騰騰帶來柏宇的家，可是當時騰騰完全失去魔法力量，更莫説對大屋有任何感覺。這一次來訪，騰騰實在訝異柏宇的家怎麼會令他有這種奇妙的感覺。

而默默站在希比肩膀上的焱焱，同樣察覺到異樣。

入屋後，柏宇把芝芝安頓在沙發上，而一直猶未甦醒的芝芝，令芯言非常擔心。

「柏宇，怎麼辦好？」芯言一直揉着芝芝冷冰冰的手，希望她儘快醒過來。

其實柏宇也一籌莫展，在魔法系統當中，有攻擊系，自然也有治癒系。柏宇的潛能是攻擊魔法，他可以隨意運用大自然的元素使出千變萬化的魔法攻擊，但對

治癒系的魔法卻一竅不通。

　　「你們不用擔心。」希比從腰間的袋子裏取出一個
玻璃瓶子，瓶子內載着一隻七彩變幻的蝴蝶。

　　「很漂亮啊！」芯言定眼望着瓶子內發出迷幻色彩
的蝴蝶。

　　希比打開瓶蓋豎起食指，蝴蝶立即飛到她的指尖，
牠似跟希比心領神會，然後轉身飛到芝芝額頭上方盤旋

飛舞。牠優雅地拍着翅膀，落下閃爍的星塵。

　　一點點星塵落在芝芝的額頭，柏宇好奇地問：「這是治癒魔法？」

　　希比笑着搖頭，答道：「我也不懂得治癒魔法。」

　　接着，魔法蝴蝶飛到柏宇受傷的右手，在他受傷的右肩上方落下迷幻星塵。

　　「很神奇啊！」柏宇覺得不單受傷的右手不再疼痛，更漸漸感到原本需要慢慢癒合的脫臼部位開始活動自如，「這蝴蝶竟瞬間治好我的傷患啊！」

　　蝴蝶緊接飛到騰騰身邊，再繞着他盤旋飛舞，一下子令他全身疼痛的感覺盡褪。

　　「希比……」芯言正想發問，希比便開始解釋。

　　希比緩緩説道：「這叫拉曼粉蝶，是一種稀有的治癒系昆蟲。牠們不存在於地球之上，是魔幻國獨有的品種。牠們吸取魔法花朵的花蜜，轉化為治癒魔法。像我們這種攻擊系魔法少女，經常要跟敵人戰鬥，其間難免受傷，擁有這種隨身法寶非常重要。」

　　希比話剛説完，魔法蝴蝶就完成任務飛返希比掌心上的玻璃瓶。希比點頭對着蝴蝶微笑，然後把瓶子蓋上，再珍而重之放回腰間的小袋。

　　芯言望着身旁的希比，原先一直只感到她的強悍和

硬朗，但從剛才她那溫柔的眼神和笑容，她直覺希比應該是個心地善良的女孩。

芝芝的臉色逐漸回復紅潤，呼吸勻稱有規律地睡着。

希比感到滿意地向芯言、柏宇道：「拉曼粉蝶已經令她身上的傷復原，她應該沒有大礙，不過由於她曾被催眠，加上今晚激烈的對壘，體力已透支太多，還是給她好好休息吧。」

於是，柏宇和芯言把芝芝安頓在二樓的房間，讓她好好睡一覺。

當二人走下螺旋形樓梯返回地下的客廳，只見騰騰不斷圍着火鳳凰熒熒團團轉，你一言我一語互相數落對方，似乎還未順利成為朋友。

「希比，上次你穿越時空裂縫來到魔幻國替我們解圍，今晚你又再次幫助我們對抗敵人，」柏宇來到希比面前，開門見山的問道，「恕我直言，你到底是什麼人？」

「我是波拉蘭之族的後裔，住在地球的另一邊。」希比並沒有刻意隱藏自己的身分，她輕輕撥弄火紅色的秀髮說。

「波拉蘭之族……我曾在神話故事中知道波拉蘭之

族相傳是地球上最早出現的部族之一，是擁有極強戰鬥意識的民族，」柏宇頓了頓，說，「可是這個部族不是跟亞特蘭蒂斯一樣，已經消失了嗎？」

「我們族羣只是建立了一個高科技的保護網，把整個族羣隱藏在一個與世隔絕的地方。」希比說，「三個月之前，我遇上了熒熒。她告訴我關於星光寶石被弄碎的消息，而我亦通過了考驗，成為被選中擁有紅晶力量的星之魔法少女。」

「那麼，難道熒熒也是魔幻國的守護精靈？」騰騰拉高聲線問。

「哼，好說了！我就是魔法森林的守護精靈。」熒熒展開雙翅，挺起胸膛神氣地說。

看到熒熒充滿驕氣的身影，騰騰霎時氣上心頭，他嘀嘀咕咕細說：「哼！有什麼了不起，我也是星空王域露露公主的守護精靈。」

「熒熒是不死鳥火鳳凰，她擁有開啟時空之門的力量，」希比說，「當我換上戰衣成為星之魔法少女的時候，熒熒更可變身化成我手臂上的鳳凰之弓，配合紅晶力量發出禁鎖黑魔法的攻擊。」

「禁鎖黑魔法的攻擊？難怪上次在魔幻國，她發出的魔法網能夠壓制喀邁拉，而剛才亦能一下子把纏繞芝

芝的黑霧驅散。」柏宇點點頭，恍然大悟。

「精靈是天生的魔法師，我們從一出生便擁有操縱魔法元素的力量，好像我和燊燊一樣，可以隨意打開時空裂縫和變身。」騰騰趁機搶白，他眨着那雙紅色玻璃珠子一樣的眼睛，長長的耳朵微微地在後面擺動，「不過和人類魔法師比起來，精靈雖然擁有天賦，但是卻缺少創造的能力。」

「芝芝是我的好朋友，但她從來都不知道關於魔幻國的事，為什麼突然會與黑魔法扯上關係？」提起芝芝，芯言禁不住緊張地問。

「我知道黑魔法能夠迷惑意識軟弱的人，」希比的眼珠子快速而果斷地左右轉動着，她推敲說，「她就似是被施下這種催眠魔法，更注入了黑暝力量。」

「可是，到底為何她會被捲入這次的旋渦？」芯言的肩膀微微抖動着，她不敢相信芝芝竟然被黑魔法入侵。

「我猜是因為妒忌。」騰騰跳上芯言的肩膀，沉着臉說。

「妒忌？」柏宇說。

「剛才我在芝芝身上感到一種很強烈的恨意，而芝芝的攻擊對象一直是柏宇。」騰騰望向疑惑的柏宇，

「你就是令芝芝產生妒忌的源頭。」

「什麼？」柏宇和芯言異口同聲。

「這陣子芯言的確多番疏遠芝芝。」柏宇抓抓下巴，說。

「因為最近經常有魔獸出現，我只是不想芝芝擔心……」

「可是你連她的生日也狠狠地撇下她！」柏宇靠向芯言耳邊，裝作提醒芯言。

「我……」柏宇的話令芯言的心緊揪了一下，她百辭莫辯，唯有紅着臉丟下一句，「都怪你！」

「咳咳……」騰騰分析得頭頭是道，他續道，「而芝芝是芯言的好朋友，芯言絕不會傷害她。」

「你的意思是黑暝秘域的人已經發現了芯言的身分，所以在她身邊找出她的弱點？」柏宇問騰騰。

「嗯。」

「那麼說，我們在明，對方在暗。」柏宇說，「芯言的處境可是很危險呢！」

「這正是我們來找你們的原因。」希比說，「相信黑暝領主已知悉星光寶石碎片四散的消息，星光寶石是唯一可以箝制黑魔法的力量，所以他一定會全力阻止碎片結合的。」

「以我所知，碎片分割成四塊，芯言擁有的是淨化紫晶，而希比身上的是禁鎖紅晶，應該還有藍晶和黃晶尚未出現。」騰騰提起他粉紅色的肉掌數着。

「這陣子我一直在追尋星之碎片的力量，我感到它就藏身在這附近一帶。」希比說。

「我們也有同樣的感應，可是在附近連番收拾的都只是作惡的小魔獸，牠們看來都是被派來找尋碎片。」騰騰點頭說。

「也許是你們辦事不力吧！」自負的燊燊帶着怪責的口吻，似是針對騰騰說。

「不要再胡鬧了，這種話說出口對事情會有幫助嗎？」對於兩隻守護精靈不停地鬥嘴，一向閒事懶理的柏宇也感到不耐煩。他毫不客氣地盯着燊燊，令她心感不忿。

燊燊掃了一眼嘴角輕輕漾起笑容的騰騰，更令她氣上心頭。

「大家別再鬥氣了，我們的敵人是黑暝領主。」芯言為了鼓舞士氣，拉着燊燊的翅膀和騰騰的小手搭在一起，「我們一定要團結起來！」

騰騰和燊燊同時甩開對方的手，把頭撇向另一邊。

「對，時間無多了，如不儘快回復星光寶石的力

量，連接地球與魔幻國的結界就會完全開啟。到時只要黑暝領主一聲令下，各種大大小小的魔獸就會大舉侵略地球。」希比煞有介事說。

話未說完，大夥兒同時感到地面一陣晃動，一些尖銳的嘶叫從屋外傳來，叫聲劃過耳膜讓人毛骨悚然。

柏宇立即拉開落地玻璃的布簾，他竟看到窗外掛着一隻又一隻看起來讓人後背發涼的發光眼睛。

「那是什麼？」芯言兩手搗着臉慌忙驚叫，屋外的景象令她完全不敢相信自己的眼睛。

柏宇瞇起眼睛細看，猜測道：「是蝙蝠？」

在漆黑的夜空中，無數長着黑色長毛，像蝙蝠的東西包圍着柏宇的大宅。這些蝙蝠體形跟老鷹一樣大，每一隻臉上都有一隻發亮的大眼睛，爪子更像鐵鈎一樣鋒利，很是嚇人。

空中還能夠聽到一片拍打翅膀的聲音。

「不，是蝠眼鼠！」希比說，「一定又是黑暝領主派來的魔獸！」

「蝠眼鼠……」聽到這名字，芯言的全身也不由自主地顫慄。

「他是如何找到我們的？」熒熒吃驚地問。

「你這麼聰明也想不到，我們又怎會知道？」大敵

當前，騰騰也不忘激怒熒熒。

「外面的蝠眼鼠數量比天上的星星還要多幾倍，這下麻煩了！」柏宇握緊拳頭，焦急地在大廳來回踱步。

就在此時，蝠眼鼠見眾人在室內，嘶叫得更是厲害。牠們張開嘴巴，露出尖銳的獠牙。說時遲那時快，牠們一隻跟着一隻衝向屋子的落地玻璃屏障。

「嘩！」面對外面一大羣令人頭皮發麻的怪東西，芯言本能伸出手臂作擋住的姿勢。

怎料這羣蝠眼鼠「砰砰嘭嘭」的被反彈出去，衝力之大令一些蝠眼鼠倒地不起，有些更飛彈到數米外。

「什麼？」柏宇看到屋外突然出現一道弧形的光線，是一個半圓形的透明體密不透風地阻隔着外面的蝠眼鼠。

芯言揉揉眼睛，不敢相信。

其餘的蝠眼鼠不敢妄動，與玻璃屏障保持距離。

「很強頑的保護結界，是你做出來的嗎？」騰騰把紅寶石一樣的眼睛瞪得大大。

「我沒有張開結界……」希比與熒熒換了個眼神，問，「是你嗎？」

熒熒猛地搖頭。

屋內各人投來不可思議的目光互相對望，大家也找

不到答案。

　　突然，其中一隻體形較大，像是蝠眼鼠的首領打算硬闖進來。牠展開一雙長毛翅膀，用帶有黑魔法的尖銳爪子想抓穿結界。牠竟然沒有被結界反彈出去，反而在爪子與結界的接觸點劃出一行火花。雖然蝠眼鼠不斷抓下去，結界仍然完好無缺，而剛才被彈開的蝠眼鼠則爬起來，再次嘗試衝向結界。

　　「要是牠們一直守在門外，我們豈不是不能離開屋子？」芯言緊張地問。

　　「他們鍥而不捨地攻擊結界，難保結界會被打破！」希比説。

　　「更重要的是，我們並不知道是誰在屋外畫出這結界，它可能隨時會消失的，或者反過來鎖着我們！」

　　「那怎麼辦？」

　　「屋外的結界……我記起了！」柏宇猶豫了兩秒，説，「在我小時候，每次看到有關妖怪的圖書、電影等，我就會擔心妖怪會在半夜到來，總是不肯去睡。有一次，爸爸曾説笑地告訴我這屋子有最強的防衞，任何妖怪也不能進入。當時他説了一堆我不明白的話，言辭好像還提及結界。」

　　「怎麼可能？沒有相當的魔法力量，一般人是無法

製造出這種力量的防護網！」騰騰的語氣有點遲疑。

「可是柏宇的爸爸是一位出色的探險家，喜歡鑽研傳說和神秘力量。我曾在他的密室看過許多趣怪珍奇的寶物，或者這間大屋也是他的收藏之一？」芯言說。

「芯言，不要猜測了，召喚魔法書幫忙吧！」

「對啊！」

「出來吧！無所不知的魔法書，請你告訴我……」芯言唸着，頸項上的水晶鏈墜發出耀眼的光芒，一本漸漸變大的魔法書出現在她掌心，「是誰在屋子布下結界？」

「颯颯颯颯颯颯颯……」厚重的魔法書像被強風吹得不斷翻動書頁，十數秒後才靜止下來，平攤在芯言的手中。

「一般來說，三級魔法師已經可以為物件畫出結界，而級別越高的魔法師布下的結界範圍越大，保護力量也越強。」芯言唸着魔法書的內容，「魔法師可以隱藏身分，不讓人知道結界是誰創造的。」

「竟然連魔法書也不知道！」柏宇說，「芯言，問問魔法書，哪個結界是最厲害吧！」

芯言點點頭，重複柏宇的話：「無所不知的魔法書，請你告訴我……哪個結界是最厲害的！」

「現時最強的結界是由魔幻國五個地域合力布下，用來保衞着魔幻國的結界，使在結界外的星球不易察覺魔幻國的存在。」

「黑暝領主的目的是要征服魔幻國，他已幽禁着露露公主，把星空王域和森林王域攻陷。假如他再下一城，擊敗冰雪王域和海底王域，黑暝領主便能隨時打破結界，令魔幻國陷入險境。」騰騰急着說。

「只要黑暝領主奪取了魔幻國，看來他下一個目標很可能就是地球。」希比說。

「那麼我們要儘快找回四塊星之碎片，以星光力量來對抗黑暝領主！」焱焱說。

「但是，我們還是未知誰人在這大屋布下如此強大的保護結界！」柏宇說。

芯言本想收起魔法書，但突然想起一個問題，於是再次向魔法書發問：「魔法書，魔法書，請你告訴我林芝芝中了什麼魔法？」

魔法書的書頁再次自行來回翻動，最後竟然合上了。

「莫非連魔法書也找不到答案嗎？」騰騰嘀嘀咕咕。

芯言輕輕地吸了一口氣再試一次，可是魔法書最後還是合上。

「爸爸密室內的書架藏有一些關於神秘力量，還有解說催眠的圖書，或者可以解開我們的疑問！」提起爸爸的密室，柏宇頓時眉飛色舞地說。

　　「為何你不直接致電問他？」希比把眉頭輕輕一皺，不解地問。

　　「從來只有他來電找我，卻從來不接電話的！」柏宇沒好氣地說，轉身帶着各人向着往二樓的螺旋形樓梯走去。

滿載寶物的密室

　　來到二樓走廊的盡頭，柏宇把一個大相框從牆上移開，露出一扇巨大的門。柏宇把門上用白銀製造的古老密碼鎖巧妙地打開，大門隨即從牆壁兩邊分開。

　　「想不到你的家竟然有這種密室！」希比、燊燊和騰騰不約而同地說，他們沒料到外面看來狹窄的走廊，裏頭竟是一個廣闊的房間。

　　「這些都是爸爸珍貴的收藏品，你們隨便看看，」柏宇說罷逕自走向後面那排放滿形形色色圖書的書架，找尋關於神秘力量的書。

　　「你看！是魔法水晶球！」騰騰大叫一聲，立即跳到桌上，他伸手接觸透明的玻璃球時，玻璃球內部突然冒出白煙，「是真正的魔法水晶球呢！」

　　燊燊拍了拍翅膀，從希比的肩膀飛過去看個究竟。

　　「這裏還有一把魔法匕首。」希比拿起匕首，細心看着刻在上面的咒文，「是屬於森林王域的魔法騎士！」

　　「原來柏宇的爸爸收藏了這麼多魔法物品。」芯言說。

　　「我覺得他的爸爸有點奇怪……」燊燊掃視密室內

的物品，發現全是非常珍貴的東西，於是悄悄地跟希比說。

「嘩！這裏還有一顆魔法石！」騰騰看到魔幻國的物品，特別感到興奮，但他馬上警惕起來，「可是，他是怎樣得來的？」

「我找到了！」柏宇從那個插滿一本本大小不一的多層書架上，取出一本深紅色書走過來遞給芯言，説：「這本書講述多種令人突然性情大變的原因，這裏寫着關於催眠的咒語……」

「等等，」希比指着桌面上的魔法物品，問柏宇，「你曾穿過時空裂縫進入魔幻國嗎？這些東西都是你從魔幻國帶回來的嗎？」

柏宇搖頭道：「這些都是我爸爸的收藏品，有時候他也會與我分享一些探險的故事。」

「可是桌面上那些分明是魔幻國的物品，難道你爸爸也去過魔幻國？」騰騰把玩着魔法石説。

「魔幻國的物品？」柏宇不敢相信，他頓了一頓，説，「不可能的……爸爸回來後，我一定要問問他這些物品的來歷。」

柏宇豎起食指道：「我從魔幻國帶回來的只有這隻指環，還有寄存在體內的炎神之刃。」

「炎神之刃是不死鳥之火鑄成的，一直是我族的寶物。柏宇，你是怎樣拿到手的？」熒熒聽後驚訝地問。

「説來話長，一切都是由跟藍色精靈對戰而被吸入時空裂縫開始，」柏宇頓一頓，説，「這件事我也曾跟芯言和騰騰説過，後來得知我和芯言穿過時空裂縫後來到同一個空間——魔幻國，但大家着陸的時間並不一樣。我比芯言早半年來到魔幻國，還失去了記憶。」

「你們一起進入時空裂縫，竟然分別去了不同的時間點？」希比沉着臉問。

「嗯，」柏宇點頭，「當時我來到的是一個像被火燒着的沙漠，四處都是滾燙的咖啡色熱沙。我走了兩天，就在幾乎渴死的一刻，一個身形龐大的男人向我走來。」

柏宇回想起死裏逃生的一幕，直到現在還是歷歷在目……

經過了長時間的昏迷，柏宇好不容易才回復意識。他輕輕張開眼簾，雙眼還在適應陽光。他把眼睛瞇起來，看到的是一片不可思議的彩色天空，雲朵就像被一個淘氣的孩子抹上了五顏六色的顏料，這一朵紅彤彤的，那一團黃澄澄的，還有遠方那綠油油的一大片。

「你醒了嗎？」一個鬍子長得亂糟糟，身形龐大的

男人徐徐走過來，把柏宇面前的景觀擋住。

「這裏是什麼地方？」柏宇感到全身發熱，他舔了舔乾裂的嘴唇，問道。

「這裏除了沙還是沙，當然是火之沙漠！」那男人帶着一副木無表情的面容盯着柏宇，那對紅褐色的雙眸叫柏宇無法忘記。

柏宇望着面前的男人，他長着高高的顴骨，肩上纏繞着一襲鮮紅色的布，頸項和雙手手腕都搖曳着寬寬的銀色手鐲。

「你是誰……我又是誰？」柏宇感到頭痛非常，他愣愣的望向四方，竟然看不到其他人影。

「噢！你忘記了嗎？」對方挑起濃濃的眉毛，搯着一把鬍子說，「那很好啊！」

「什麼意思？」稍稍恢復知覺的柏宇，感到身體累得不聽使喚，還伴隨着閉塞的腦袋。

「沒有，我只是在想莫非你連自己的身分也忘記了！」那男人轉動那雙紅褐色的眼珠。

「什麼身分？」四肢無力的柏宇勉強地撐起身體，坐在地上。

「哈哈哈哈！」男人仰天發出雄厚的笑聲，令氣氛變得更詭異。

「我是一個很厲害的魔法師，」那男人蹲下來，不懷好意地在柏宇的耳邊說：「而你就是我的隨從！」

「魔法師？隨從？」柏宇一臉迷惘，「我完全沒印象。」

「或者你會慢慢記起來，」那男人站起來撐着粗大的腰，對柏宇說，「好了！別再休息了，快起來替我打掃房子吧。」

「可是我半點兒也記不起，你沒騙我吧？」柏宇感覺對方不太可信。

「可惡，你只是我唐巴多的僕人，豈敢懷疑我？」那男人的面上呈現一絲怒氣，他挺起胸膛伸出手掌向着柏宇，柏宇突然被隔空舉高，整個人也被拉到半空來，「如果不是我，你早已死在這個火之沙漠！」

「什麼！這是魔法？」懸浮在半空的柏宇大吃一驚。

唐巴多擺擺手，柏宇立即從半空掉下來。

「啊，很痛！」柏宇被唐巴多狠狠地擲在地上，失去記憶的他連自己擁有魔法力量也不記得。

柏宇一時不知怎辦，唯有暫時聽命於那個可疑的唐巴多。

「哼！加米帕……知我厲害了嗎？」唐巴多瞪了柏

宇一眼，伸出手準備再次把柏宇升起。

「對不起……」柏宇忍着痛爬起來說，「我會好好打掃房子的。」

就在那一個月裏，柏宇胡里胡塗的成為了唐巴多的隨從，每天也受盡他的呼喝。柏宇主要的任務是到火之沙漠中的奇幻森林，捕獵魔獸作為唐巴多練習魔法的對象。在捉拿魔獸期間，柏宇多次遇險，最後都是靠他人急生智才能解圍。但同時，柏宇亦認識了許多善良的森林精靈，教他呼喚內心的魔法潛能和簡單的傳心術，令他的魔法悄悄成長。

除捕獵以外，柏宇還要從早到晚替唐巴多打掃抹地、燒菜做飯、洗熨衣服。萬一做得不夠好就會被唐巴多用魔法懲罰，唐巴多有時會把柏宇升上半空再摔下來，有時用咒語罰他多天張不開口不能吃喝說話，有時會石化雙腿，要等到唐巴多心情愉快時才能解開魔法。

對於從來自由自在，不用聽命於人前，更不需做家務的柏宇來說，這一段日子簡直是個不能磨滅的惡夢。事實上，在過程中卻引出了他的魔法潛能，也令他對魔法的抵禦力增強不少。

唐巴多是一個火系的三級魔法師，能夠靈活掌握火元素的魔法，因為多次不守魔法法則而被魔法師協會放

逐到杳無人煙的火之沙漠。柏宇在唐巴多身邊認識到很多關於火系的魔法力量，例如火焰魔法是所有火系魔法中最基礎的魔法，也是最易煉成的魔法，但火魔法的威力絕對是破壞力最強的魔法，因為無情的火焰可以無止境地燃燒。

而唐巴多收藏了一把非常珍貴的寶物——炎神之刃，他曾在心情好的時候向柏宇展示這把寶劍的威力。寶劍像有生命似的，它本身的強大力量像磁石一樣深深的吸引着柏宇。

「『炎神之刃』是以鳳凰之火鑄成的，它會燃燒拔劍者的魔法力量。如果道行未夠，不自量力的傻瓜絕對會被它反噬。」

不經不覺過了一個月，柏宇雖然失憶了，但對於這種生活始終覺得不對勁。

有一天，唐巴多厭倦了以魔獸做魔法實驗，於是叫柏宇捉一些森林精靈來做對手。可是柏宇跟精靈是好朋友，而且大部分精靈都心地善良，他實在不願意傷害精靈。同時柏宇亦知道拒絕唐巴多的命令只有死路一條，他唯一可以選擇的路就是逃走。

在一個月黑風高的夜晚，柏宇把捉回來的魔獸一次過從籠子裏放出來。趁着唐巴多忙於對付魔獸，他便靜

靜逃走。

「柏宇，請你把它一起帶走！」森林精靈偷走了炎神之刃，請求柏宇把它帶走，避免唐巴多用來傷害精靈。

在森林精靈的指引下，柏宇把炎神之刃收藏在手中的指環內，並順利逃離火之沙漠。柏宇向着北方走去，不眠不休的走了三天，就在冰雪王域的邊境因氣力不繼而暈倒，大半個身體已被大雪埋住，幸得奧滋丁校長把他救起，輾轉來到魔法學校重遇芯言，還結識了安納。

最後柏宇在與喀邁拉戰鬥時恢復了記憶，由奧滋丁校長引領他和芯言一起回到地球。

「我們還是快些想法子找出芝芝被操控的原因吧！」對於柏宇在魔幻國的經歷，芯言已經聽過好幾遍。此刻她最想知道芝芝被黑暗力量入侵的原因，於是急着打斷柏宇。

「啊！好的……這裏說……」於是，柏宇連忙低頭唸出書本上的內容，「當一個人進入了催眠狀態，腦波形態會不自覺被改變，產生意識分離的可能，催眠師可透過號令使被催眠者錯覺擁有另一個身分……」

「這只是普通的催眠方法呢！」騰騰止住了柏宇，說，「能夠操控芝芝，令她使出魔法攻擊，一般的催眠

術不可能辦到……」

「我再找找吧！」柏宇皺緊眉頭，快速地翻頁。

「希比，我想起剛才與那個女孩擦身的一刻，那些黑霧有種似曾相識的感覺……」燊燊把嘴巴靠向希比，在她的耳邊細細說。

「似曾相識？」希比低下頭沉思。

「嗯，就似上次穿越時空到過去的魔法學校，與喀邁拉對戰時地發出的黑暗力量。」

「感覺的確有點相似，」希比回想着當時那一幕，「可是那是黑魔法……」

「除非……」話說到一半，希比輕輕的皺緊眉頭。

「我又找到了！」柏宇把書本打開向着大家，說，「黑魔法擁有蠱惑人心的力量，只要被操控的人意志不夠堅定，加上魔法道具附身，便可以控制她！」

「魔法道具……」燊燊喃喃說，「芯言，芝芝最近有沒有帶着什麼特別的東西呢？」

「沒有啊……」芯言咬着指頭，語帶猶豫。

「可是，剛才她的髮型好像跟平日有點不同……」騰騰說。

「對啊！這個髮型是我替她設計的！」芯言說，「把珠子髮夾夾在一邊，我覺得很好看。」

「珠子髮夾？」柏宇問。

「珠子髮夾是代課老師送我的，而我把它轉送了給芝芝。」芯言回答。

「這個珠子髮夾是今天才開始戴上的嗎？」熒熒緊張地問。

「嗯。」芯言的心頭突然罩着一種不能言喻的不安預感。

「莫非是這髮夾在什麼時候被偷偷施了黑魔咒，用來迷惑芝芝？」希比説罷，便轉身離開密室，道：「我們去看看芝芝吧！」

來到房間前，希比打開門，牀上竟然空空如也。

「芝芝到了哪裏去？」芯言一怔，問。

「我們四處找找吧，外面很多蝠眼鼠，千萬不要讓她胡亂跑出去。」

「我到樓下看看吧！」芯言飛奔下去，希比連忙跟着她。

就在二人來到大廳之際，她們看到芝芝站在門前伸出右手。

「芝芝！不要打開大門啊！」

話音未落，芝芝已經扭動門柄。

「咔！」芝芝把門打開。

結界出現了缺口。

「啪啪啪啪啪啪啪！」屋外一直虎視眈眈的蝠眼鼠趁機一湧而入，就像一襲黑色的龍捲風亂舞翻飛，轉眼間客廳變成蝠眼鼠的遊樂場。

「芝芝！」芯言看着芝芝走出門外，於是心急如焚的追了出去，「希比，我要去找回芝芝，這裏交給你了！」

「可是你這樣出去會很危險的！」希比一邊説，一邊撥開衝向她的蝠眼鼠。

「放心吧，騰騰會陪着我，而且芝芝一定不會傷害我的！」芯言肯定地説。

「好吧！」希比點頭，拉起手中架了五枝火紅色箭的弓，準備射向一大羣蝠眼鼠。

黑魔法來襲

「芝芝，你去了哪裏？外面很危險的！」芯言跟騰騰追出花園去，四處尋找芝芝的身影。

門外竟是黑壓壓的一片，芯言抬起頭，發現整個花園的上空盡是一隻又一隻面目可憎的蝠眼鼠，把天空完全遮蔽着。牠們一邊拍翼，一邊發出令人心寒的高頻嘶叫聲。

此刻，縱使芯言感到萬分害怕，但佔據着她整顆心的就只有芝芝，她擔心這羣蝠眼鼠會找上毫無防衞力量的芝芝。

騰騰見勢色不對，立即變大身體護在芯言前面：「芯言，我感到蝠眼鼠的力量漸漸增強，你快變身吧。否則我們還未找到芝芝，就已成為牠們的點心了！」

芯言點點頭，唸出變身魔法咒語：「紫晶星光力量，變身！」

一個巨大的紫色五芒星魔法陣隨即從芯言腳底出現，魔法陣一面轉動，一面上升穿過她的身體。芯言的身體彷彿被一張紫色的巨網包裹着，發出耀眼的光芒。

原來蝠眼鼠非常害怕強光，牠們被紫色光芒照得渾

身刺痛，紛紛四散躲避。

天空再次回復清明，彎月從雲層中探出頭來，灑下銀光照耀大地。

轉眼間，芯言已經換上一襲紫色的華麗戰衣，她把雙手合上再慢慢向外拉開，「古老的光之魔法至高無上……出來吧，神聖的光之魔杖！」

變身後的芯言對周遭的感應力提升了，很快就在花園另一邊的大樹後發現芝芝的蹤影，於是快步向着她跑過去。

半空中的蝠眼鼠羣見芯言身上的紫光減弱，二話不說再次結集，在其中一隻巨形的蝠眼鼠帶領下衝向芯言。

騰騰為着替芯言爭取時間救走芝芝，不理敵眾我寡，碎碎唸起魔法咒語築起魔法防禦光幕，然後回頭衝向蝠眼鼠羣，盡力把牠們擋住。

霎時間，帶頭衝至的數隻蝠眼鼠被騰騰的防禦光幕反彈開去，但騰騰深知這個極耗魔法力量的防禦光幕並不持久，一定要儘快救出芝芝，然後與大家匯合。

至於芯言，她終於趕到芝芝的面前。

「芝芝，跟我來吧！」放下心頭大石的芯言伸手拉着芝芝轉身便走，誰料芝芝竟跟她角力起來。

一層冷冰冰的雪霜瞬間凝結在芝芝的臉上，她那灰藍色的瞳孔載藏着深不見底的黑暗，她的臉在月下露出一股逼人的寒氣。

　　芯言意料不及，一時間完全反應不過來。

　　突然，四周颳起了一陣冷風，叢林間散布着令人恐懼的氣息，沙沙的響聲從地面發出來。泥土裏竟冒出一束新芽，迅速伸延的藤蔓交織在一起組成了一張大網，把她們兩人團團包圍。

　　「什麼來的？」望着不斷飆升的藤蔓，芯言大驚。

　　騰騰見狀立即衝向芯言，可是，那些蝠眼鼠合力反過來擋在騰騰跟前。牠們羣起撞向防禦光幕，一隻被彈開另一隻立即衝過來，目的是消耗騰騰的魔法力量，阻止他的救援。

　　防禦光幕的魔法力量大幅下降，心急如焚的騰騰只能目送芯言被藤蔓纏上、慢慢吞沒，他急得大喊：「柏宇、希比、焱焱，你們快來啊！」

　　屋內正在戰鬥的眾人聽見騰騰的叫喚，無不感到焦急，無奈那些蝠眼鼠仿似無窮無盡般，一隻被消滅，另一隻就會補上。守在密室前力抗蝠眼鼠的柏宇最是擔心。他倆經歷多次冒險、無數次收拾魔獸的戰鬥，柏宇就似矛，芯言就似盾，他們是最好的攻守配搭。一旦分

開了，戰鬥力就會削弱，尤以芯言的處境更糟，沒有柏宇的攻擊，她勢必陷入久守必失的危機當中。

柏宇猛然唸起火焰魔法咒語，連環射出一個又一個火焰球，把所有蝠眼鼠從二樓趕到地下去，再乘勝追擊圍在希比附近的蝠眼鼠，向牠們發射一連串火焰球，好讓希比和她的守護精靈熒熒擺脫糾纏，儘快支援騰騰。

「這裏的魔獸就交給我，你們快去幫助芯言和騰騰吧！」柏宇把一眾蝠眼鼠逼向大廳中央。

「轟隆！」柏宇打開雙掌唸出咒語，一瞬間前方便築起一道跟天花一樣高的火牆擋住蝠眼鼠，讓出一條通道給希比和熒熒逃走。

「什麼？這種火魔法已達到三級魔法師的級數！」希比驚異於柏宇如此純熟的火魔法，在心底發出由衷的讚歎。

熒熒回頭望向柏宇，她亦生出一種似曾相識的感覺：「這身影怎麼會令我想起失去音訊多時的大魔法師？」

「啪！」

當希比和熒熒步出大屋後，柏宇使出風魔法把大門關上。而當大門一關，大屋的結界隨即再次啟動，把大量蝠眼鼠統統困在大屋裏頭。他就是要減少大家的戰鬥

負擔，獨力對付這羣討厭的蝠眼鼠。

衝出屋外的希比眼見騰騰被另一羣蝠眼鼠團團圍着，於是鼓起紅晶力量發動攻擊。她大喊：「紅晶星光力量！火鳳凰亂舞攻擊！」

「希比！焱焱！」騰騰一臉疲憊，他的魔法力量快要耗盡。

焱焱展開翅膀，化成希比手上的火鳳凰魔法弓，射出一枝又一枝火鳳凰形象的高溫火焰箭，一下子把圍在騰騰四周的蝠眼鼠逐一吞沒。而那隻體形最巨大的蝠眼鼠見勢色急轉，立即拋下牠的同伴，轉身逃竄去藤蔓樹那邊。

魔法力量耗盡的騰騰變回小兔子模樣，他指着花園內剛長出來的那棵巨大藤蔓樹，道：「芯言和芝芝被困在那棵樹裏啊……」

騰騰還未說完，希比已躍在半空。她舉起火鳳凰魔法弓，對準藤蔓樹發出一箭：「火鳳凰穿雲箭！」

一枝帶着旋勁的火箭直取面前散發着陣陣令人窒息黑芒的藤蔓樹，一向無堅不摧的鳳凰之箭順利割破藤蔓樹四周的黑芒。但當箭頭刺中樹身之時，鳳凰之箭竟無聲無色地沒入裏頭。

鳳凰之箭的攻擊對藤蔓樹毫無作用，更不用說破開

樹身把困在樹裏的兩人救出。

「什麼？不可能的！」希比驚見一直攻無不克的鳳凰之箭竟無功而返，於是向藤蔓樹不同位置連續發出數箭，但結果都一樣。

化作火鳳凰魔法弓的熒熒回復原本的鳳凰形象，同樣覺得不可思議。她拍着翅膀圍着藤蔓樹飛去，不服氣地道：「所有魔法力量都被這棵藤蔓樹吸進去，我們似乎要另想法子！」

「嘿嘿……沒用的，黑暗藤蔓樹注入了黑暝力量，外邊早已築起一道無形的黑洞之牆，任何攻擊都會被吸收。就算是星光力量也不會例外，」隱身在一角的賽斯迪沾沾自喜，「除非有人從藤蔓樹裏發動攻擊，否則被困的人永遠也逃不出來。」

芯言被困在狹小的藤蔓樹裏，就似藏身於另一個空間一樣與外間隔絕，不單聽不到外面騰騰和希比的叫喚，更絲毫感受不到希比攻擊藤蔓樹時帶來的一點震盪。事實上，她根本無暇理會藤蔓樹外的戰鬥，因為她此刻正面對人生最大的危機和抉擇。

站在芯言眼前這一張面孔再熟悉不過，可是芯言肯定這個散發出令人生畏的黑暗氣息的芝芝，並不是一直與她形影不離的好朋友。

帶着一臉怨恨的芝芝竟換上一身閃着黑芒的長袍戰衣，披頭散髮的她手執着一把鋒利的三叉戟長矛。她狠狠地盯着芯言，流露出憎惡的眼神，尤其看到芯言手上握着閃耀的紫水晶魔杖，更令她產生厭惡感覺。

　　芝芝向着芯言一步一步走近，她竟然擁有一身令人窒息的黑魔法力量，而這股力量足以與芯言身上的星光魔法力量抗衡。

　　「芝芝……我是芯言啊……是你最好的朋友……」芯言顧不得安全，走上前緊緊抱住冷冰冰的芝芝，希望能夠喚醒她，「請你千萬不要把我忘記！」

　　芯言難以明白黑魔法為何會找上平日溫婉賢慧的芝芝，而事實上心思不夠細膩的她根本不理解芝芝的內心鬱結和難過的源頭。

　　自從那一把聲音在芝芝耳邊出現後，芝芝不停地被迷惑，令她感覺被芯言冷待，感覺被遺忘，感覺被背叛，她更有一刻感覺自己最好的朋友被奪去，甚至……妒忌芯言身邊所有人，而她最痛恨的……是高柏宇。

　　這種恨令芝芝很難受、很糾結，這種強烈的妒忌情緒從來不應該在善解人意的她身上長出來。她難過得想哭，心房傳來劇烈的絞痛。她一手推開芯言，難耐地搗着自己的胸膛。

就在這個時候，纏繞着芝芝的黑霧竟變得更濃密，一股氣流快速地在藤蔓樹裏逆時針旋轉。

「你很討厭啊！」被魔化的芝芝舉起她那三叉戟，腳下突然捲起一陣大風，把她的長袍戰衣吹得蓬然脹開。一股黑色力量從她的手湧出，再傳至三叉戟的利刃之上，形成一股帶着旋勁似霧又似風的力量。「你根本不值得我對你這麼好！」

芯言震驚地望着芝芝，芝芝那冷酷無情的眼神令她完全無法思考，她的胸口彷彿被人緊緊勒住，痛苦得喘不過氣來。

芯言現在才意識到自己一直想保護芝芝，不想把她拖入魔法戰爭當中，而芝芝偏偏以為芯言刻意疏遠她，不再把她當作摯友。這個誤會令芝芝內心受到很大的傷害⋯⋯

芯言看着被黑魔法操控的芝芝那扭曲的神情，感到無比內疚。都怪自己太大意，忽略了一起成長的好友。

與此同時，芝芝耳邊不斷響起一把聲音：「一切都是因她而起的，讓她嘗嘗你的難受吧！」

那聲音不斷離間芝芝和芯言之間的友情，用盡詭計把她的妒忌再次推向頂點，芝芝隨即把那三叉戟的尖鋒對準芯言射出一個黑色旋風。

芯言本能地喚出紫晶鎖鏈擋住芝芝的攻擊，耀目的紫光卻進一步激怒芝芝，芝芝胡亂揮動三叉戟，掃射出更多黑色旋風。

「芝芝……不要啊……」黑色旋風撞向藤蔓樹壁反彈開來，芯言怕芝芝會不慎傷及自己，於是立即收起紫晶力量，希望令她平息怒火。

放棄了紫晶力量的保護，芯言只好不斷閃避，但芝芝越見凌厲的攻擊最終把她弄得傷痕累累。只是芯言覺得身體上的痛楚，怎樣也比不上內心的傷痛。

「我一定……要令你變回原本的林芝芝……」受傷的芯言始終不肯還手，她望着充滿恨意的芝芝，下定決心要令芝芝回復意識。

「絕對不可以傷害我的朋友！」

芯言的話撼動了芝芝的心，她的臉上彷彿流露了一絲憂傷，她的目光不自覺地落在手上那條歪歪曲曲的心形手鏈，她的意識開始動搖，腦海勾起二人過去的一些難忘回憶——芯言的燦爛笑聲、趣怪念頭、見義勇為的性格，還有現在受着她攻擊的痛苦表情，從小時候一直陪伴她成長的每一張臉都深深刻在芝芝的心上。

芝芝那被黑魔法入侵的心一時怦然震盪，握着三叉戟的手也略微有點發顫。

「芯言……」無數股糾纏的力量在她的身體裏肆意流動，芝芝痛苦地在喉嚨裏發出微弱的聲音。她的意識混沌一片，臉頰竟垂下兩串淚珠。

在藤蔓樹外的賽斯迪有所感應，他伸手向樹內射出黑芒：「讓我給你注入更多黑暝力量吧！」

一瞬間，芝芝又回復原先冷峻的面容，繼續催動她盛氣凌人的黑暝力量。

芯言見狀感到非常焦急，她心想如果足智多謀的騰騰在此，一定可以找到方法救芝芝的。但此刻獨自被困在藤蔓樹內，唯一可以救芝芝的就只有自己。無計可施下，她決定嘗試用手上的光之魔杖。

「芝芝，讓我幫你驅除身上的黑魔法吧！」芯言提起光之魔杖向着芝芝，「紫晶星光力量，淨化！」

一襲奪目的紫光由光之魔杖發出，直射向包裹着芝芝的黑霧。芯言毫無保留地傾盡全力使出星之魔法力量，希望可以拯救她的摯友。

在紫晶淨化力量的攻擊下，那團黑霧呈現一條條裂紋。當芯言以為成功之際，她發現黑霧竟然把紫晶力量從裂紋吸收進去，星光力量一下子轉化為黑魔法力量注入芝芝的體內，芝芝的心彷彿遭電擊一樣，承受無比的痛楚。

圍繞着芝芝的黑霧漸漸擴大，快要把藤蔓樹撐破。

「轟隆──」

變身吧！藍晶魔法少女

一陣滲透着濃烈殺氣的黑芒從藤蔓樹內射出，同時間一個黑影如斷線風箏般由樹內彈出，眼利的騰騰憑身影已知她是誰：「是芯言啊！」

剛好把所有蝠眼鼠消滅的柏宇從大屋趕至，他二話不說撲向半空中的芯言，同時喚出炎神之刃力抗激射而至的黑暝力量。

就在柏宇抱着遍體鱗傷的芯言翻身着地時，那黑魔法力量的主人執着三叉戟直指柏宇，柏宇本能地以炎神之刃抵住突如其來的攻擊。

在咫尺之間，柏宇看到向他發動攻擊的並不是一般的魔獸，而是芯言的摯友芝芝。

「芝芝？」黑魔法力量非常強勁，柏宇唯有放下芯言，雙手握緊炎神之刃灌注全力抵抗芝芝的攻擊。

柏宇手上的炎神之刃架着三叉戟的尖鋒，滿心疑竇的他來不及向芝芝發問，只聽到芯言以微弱的聲音喊着：「柏宇，千萬別傷害芝芝！」

柏宇一失神，一股帶着絞勁的暴風力量從三叉戟發出，一下子把他甩到一丈之遠。

「砰！」柏宇猛地撞向大屋外的石牆上，衝擊令他腦袋陷入一片混沌，就連炎神之刃亦握不穩，跌落地上，使花園的小草都燒焦了。

騰騰不顧安危跑到倒在地上的芯言跟前，但隨即被芝芝手上那三叉戟射出的暴風捲走，跌在屋頂之上。

「你們為什麼心中都只有她？」被魔化的芝芝憤怒地叫喊，她把三叉戟的尖鋒對準芯言的胸口。

芝芝的手在顫抖，她竟在猶疑應否這樣刺下去！

此時希比亦已趕至，她見情勢危急，與熒熒交換個眼神，熒熒便立即附在臂上，變換成一把鳳凰之弓。

希比馬上引弓，以迅雷不及掩耳的速度向着芝芝發出五枝鳳凰之箭！

火光飛濺，五枝鳳凰之箭似有靈性般，在半空中螺旋結合，變成一枝強大的火鳳凰穿雲箭。

「颼——」

箭矢毫無疑問會命中目標，站在遠處觀戰的賽斯迪對這攻擊也暗自心驚，他忍不住脫口而出道：「星之魔法少女的力量實在不容小覷啊！」

芝芝在命懸一線之間。

「不要啊！」

一個步履蹣跚的黑影鼓起餘力擋在芝芝身前。

那黑影竟是芯言！

芯言用僅餘的力氣擁抱着她的摯友，打算用紫晶魔法力量獨自承受這一箭。

「你……」芝芝望着面前奮不顧身擁着自己的芯言，她的心一下子痛得像是被利刀刮了一下。

「不好了！」希比大吃一驚，但射出的箭不可能收回，芯言若果中上這箭，以她此刻傷疲交煎及魔法力量幾經消耗下，隨時失去性命。

「芯言！」倒在屋頂的騰騰和還未回復意識的柏宇距離芯言太遠了，沒可能趕及營救。

「啊——」火鳳凰穿雲箭命中目標，力量更穿透目標身軀，綻放出紅紅火光。

但中箭的竟然不是芯言，在千鈞一髮之際，被魔化的芝芝竟捉住芯言，轉身用背脊擋下這一箭！

芝芝頹然倒下。

芯言怔住了，她望着芝芝，是回復往昔那親切笑容的芝芝。

「芯言……」芝芝差點連說話的氣力也沒有，一下子倒在芯言的懷中，「對……不起……」

「不是啊！是我太大意才對……」全身發抖的芯言抱緊芝芝，一時間完全不知所措。

「咔！」芝芝頭上的髮夾閃出一道藍光，髮夾上那藍寶石一樣的玻璃珠子突然破開。

芝芝剛才那副冷冰冰的面孔消失了，而灰藍色的瞳孔亦變回原來的棕黑色，原本包裹着她的黑暝力量被紅晶力量消滅，但同時芯言看到她發亮的心，似幻化成千萬塊碎片。

「不要！」芯言看見奄奄一息的芝芝，眼角掉落出一顆又一顆淚珠。

芝芝為自己闖的禍感到懊悔，亦為可以拯救自己的好友感到高興。

眾人束手無策，突然不知從哪裏跳出一隻長滿雪白毛毛的小東西，牠二話不說便跳上芝芝身上，把一塊晶瑩剔透的藍色水晶放在芝芝剛才被箭射中的心臟位置。然後那毛毛小東西合上眼，雙手合十似祈禱一樣唸唸有詞。

瞬間，芝芝面上流出的淚珠竟化為無數水點，再凝聚成細小的冰晶。而這些冰晶則迅速地捲動起來形成一條水龍捲，轉眼把芝芝包裹着，散發出一股耀眼的藍色光芒。

「芝芝！」芯言想衝入水龍捲救出芝芝，那毛毛小東西的身體卻突然變得非常巨大，像北極熊般橫在芯言

跟前。

　　落在屋頂的騰騰看見那道藍光似曾相識，他想了想後不禁驚叫：「這藍光……莫非是……」

　　熒熒亦似有相同感應，她驚訝地望着希比道：「這種光，是我們一直追查的……」

　　希比感覺她身體內的紅晶星光寶石碎片產生共鳴，她幾乎可以肯定眼前的藍光究竟是什麼一回事。

　　此時，一道強烈的藍光把水龍捲破開。晶瑩的水珠四散，出現在面前的是一位雙腿踏着五芒星魔法陣的少女，她披着長長的寶石藍色斗篷，配襯着一條鑲嵌着白銀滾邊的海藍色短裙，盡顯瑰麗。

　　那少女神采飛揚，眼鏡後的雙眼更閃耀着充滿睿智的光彩。

　　「什麼？」賽斯迪大叫，「怎會這樣的？不可能的！」

　　那少女是芝芝，芯言的好友，柏宇的同班同學！她竟然是第三位星之魔法少女！

　　原來剛才鳳凰之箭擊碎的只是賽斯迪施加在芝芝心臟的冰魔法，場中的劇變連躲在暗角的賽斯迪亦吃了一驚，更不相信竟在這種情況下促成星之魔法少女的誕生。當然感到訝異的更有希比、熒熒和騰騰，還有剛被

耀目的藍光弄醒的柏宇。

　　至於芯言，她激動得哭起來。她帶着傷疲之軀跑上前，撲入那少女的懷中，掩不住內心的喜悅喊道：「芝芝，你竟然是藍晶星之魔法少女！」

　　「我⋯⋯我是星之魔法少女？」剛變身的芝芝全身被一種溫暖的光包裹着，閃耀的斗篷在半空中飄揚，她愕然地凝視着自己一身魔法少女的裝束。

　　「沒錯啊！」這聲音來自那比北極熊還要巨大的毛毛，他昂着頭挺起胸走向芝芝，把她一擁入懷。

　　芝芝整個人都被埋在軟綿綿的毛毛裏！

　　「毛毛！怎麼你會變成這麼大？」芝芝望着比她還要高一倍的毛毛，驚訝地問。

　　「我現在是你的守護精靈了！」毛毛彎下腰，他那藍寶石一樣的瞳孔裏閃耀着光芒說，「我已留意了你很久，你擁有一顆善良而細膩的心，亦有聰明睿智的頭腦。你終於通過藍晶星之碎片的考驗，克服妒忌帶來的惡念，更捨己救助自己的朋友，體驗友情的可貴和威力。芝芝，從今天起你就是藍晶星之魔法少女啊！」

　　「可惡！」賽斯迪再也按捺不住，他晃動着手腕，天空裏迅速聚集無數滾動的黑雲，四周再次變得黑暗起來。

賽斯迪運用了轉移術出現在芝芝背後，他提起雙手，伸出冒起黑霧的掌心對準芝芝。他想要把更多黑魔法力量注入她的身體，令擁有星之碎片的芝芝再次魔化。

　　「芝芝！快使出藍晶力量防禦吧！」毛毛指導芝芝說，「相信自己的力量，你做得到的！」

　　芝芝望着自己的一雙手，耀眼的藍光穿過手套溢出，她感覺到一種奇妙的力量在體內流動。聰穎的芝芝想了一秒，然後伸出手掌用指尖做出一個三角形。

　　「藍晶魔法手套！」淺藍色的三角形像一個袋口，把賽斯迪發出的黑魔法完全吸收進去。

　　「好厲害啊！你把他的攻擊吸收了！」芯言看得傻了眼，她想不到芝芝除了功課了得，原來對魔法運用也能夠無師自通。

　　「芝芝，做得好呢！你懂得利用這一雙魔法手套吸收對方攻擊的力量！」毛毛點點頭，稱讚説，「把他的攻擊雙倍奉還吧！」

　　「水幻藍晶，施展你最耀眼的光芒！」得到毛毛的鼓勵，芝芝勇敢地伸出指尖，在空中繞出一個又一個圓圈，「藍晶轉化力量，水之光環！」

　　魔法手套把剛才賽斯迪發出的黑魔法力量轉化成一

個又一個水藍色的光環，綻放的藍色光芒頓時把整個夜空照亮。光環在芝芝的號令下一一射出來，把一個不留神的賽斯迪緊緊套着。

「哼！單憑這種力量就想把我遞住？」被困着的賽斯迪唸起咒語把藍色光環結成冰，他雙臂用力向外伸展，冰封了的藍色光環隨即瓦解。

賽斯迪掀起嘴角向着芝芝走去，想要把她連同星之碎片一起帶走。

巨形的毛毛從芝芝身旁跳出來，他準備施展魔法攻向賽斯迪，怎料賽斯迪早有一着，他張開手掌，隨即射出黑芒，把毛毛彈飛開去。

剛變身成為星之魔法少女的芝芝缺乏臨陣經驗，面對賽斯迪步步進逼，不由自主的生出怯意。賽斯迪見機不可失，於是舉起雙手，十指吐出如霧的黑芒。黑芒似有生命般結為一個黑色巨網，把芝芝團團圍困。

賽斯迪就似一個漁夫在大海中撒網，只待獵物落入網中，然後合上十指慢慢收網。

當此危機，希比立即拉動鳳凰之弓，向賽斯迪射出注滿紅晶力量的鳳凰之箭，阻止他逮下芝芝。

同一時間，在芝芝身邊的芯言手執光之魔杖，無懼賽斯迪的攻擊，因為她已立定決心，不會再讓芝芝

受傷。

「紫晶鎖鏈──」芯言鼓起餘力，決意保護芝芝。

一道由紫色鎖鏈組成的防衞網在芝芝和芯言身邊張開，力抗由半空罩下的黑色巨網！

賽斯迪快速閃身避開鳳凰之箭，而紫晶鎖鏈亦未能擋住黑色巨網，希比和芯言聯手都未能對抗賽斯迪，為芝芝解困。

眼見同伴未能扭轉局面，芝芝竟比場中任何一個人都顯得冷靜。也許是芝芝的個性使然，又或者是在藍晶星光力量的啟蒙下，原本經已非常聰穎的她增強了洞察力。

架在芝芝鼻樑上的眼鏡鏡片忽然變成天藍色的電腦屏幕，她一雙明眸從頭到腳掃視着賽斯迪，鏡片不斷出現分析結果。

「是這裏了！」芝芝充滿信心的一喝，然後指着賽斯迪眉心位置，「他的眉心就是他黑魔法防衞力量最薄弱的一點。」

「藍晶星光力量，冰花飛濺！」芝芝把手臂伸直手掌向外，魔法手套再次閃出藍光，空氣中的水分立即凝聚起來化為堅硬冰粒，她在半空一推，冰粒夾着冰冷氣流擊向賽斯迪。

全力結網的賽斯迪來不及防衛，一個夾雜着極寒氣流的攻擊結結實實地鑽進賽斯迪的眉心，賽斯迪渾身的黑魔法瞬間潰散開去。

此時，被賽斯迪推開的毛毛回到芝芝旁邊，他大吼一聲把賽斯迪狠狠地摔在地上。

「嘭！」賽斯迪被擊得頭昏腦漲，受了很重的傷。

他做夢也想不到，眼前這個原本柔弱不堪的少女竟破除了他的黑魔法，更聯同一隻毛茸茸的精靈，為他帶來人生最大的恥辱。

賽斯迪第一次戰敗了。

芯言、希比、芝芝、毛毛、騰騰和焱焱，還有受了傷的柏宇迅速地把賽斯迪包圍，而心繫魔幻國露露公主安危的騰騰，更希望可以在他口中探得公主消息，以及知道更多黑暝秘域的計劃。

面對一眾魔法新星和守護精靈，賽斯迪自知沒有扭轉劣勢的把握，他竟暗地裏用指尖在地上畫出一個傳送魔法陣。

黑芒一閃，魔法結界打開，賽斯迪瞬間沒入土裏。

「我不會就此罷休的！」賽斯迪消失前沒趣地撇下一句，然後逃之夭夭。

「哎！被他逃脫了！」焱焱不憤地說。

「不打緊，還會有機會對付他的！」騰騰望向新一位星之魔法少女芝芝與她的守護精靈毛毛，「我們今次的收穫很豐富呢！最重要的是大家都安全沒事！」

最高分的廣播劇

　　下課前，老師把柏宇和芯言的廣播劇在班上播放，全班同學對二人的表現另眼相看，廣播劇在一片掌聲之中完結。

　　「恭喜你們的廣播劇得到全級最高的分數，你們表現得很出色呢！」在回家的路上，芝芝對芯言說。

　　「我也猜不到大家這麼喜歡，我還以為這種虛幻的魔法故事會不受歡迎呢！」芯言吐吐舌頭說。

　　「柏宇聲演被魔法換了性別的公主，使我笑得眼淚也停不了！」芝芝擦去眼角餘下的淚水說，「如果這一套不是廣播劇而是舞台劇，那一定更加精彩！」

　　「不要說笑了，假如看到柏宇穿起裙子，我一定會笑到失眠！」芯言掩着嘴巴說，「你知道嗎？在錄製廣播劇時，聽着他裝出那把嬌滴滴的聲音，我差點笑到喘不過氣來！」

　　「話說回來，聽過你們在劇中介紹的魔法，令我對充滿神秘感的魔法世界加深了不少認識，尤其是四元魔法！」芝芝一臉認真地說，「火系魔法講求猛烈，水系魔法講求陰柔，風系魔法講求變化和速度，而土系魔法

講求防衛，還有光魔法、精神魔法等，不同的魔法適合不同的魔法師。」

「芝芝你實在太聰明，聽一次就明白！」芯言衷心佩服芝芝，但同時感到慚愧，「雖然經歷了這麼多，但我還是不太了解魔法的運作。」

「是你們解說得清楚！」芝芝謙虛地道來，她一路走着，手腕上芯言送她那歪歪曲曲的手鏈來來回回地擺動着。

一陣清風吹送過來，兩旁的大樹灑下幾片黃葉。

芝芝低下頭，彷彿想着什麼。

「芝芝，你怎麼了？」芯言問。

芝芝不知如何開口，她頓了頓，才緩緩地說：「我現在才知道，原來你一直這麼勇敢，肩負重大的責任，之前我還在埋怨你。」

「我也有錯的！是我自以為在保護你，卻沒有顧及你的感受。」芯言舒出一口氣，「幸好一切雨過天晴了！」

「對啊！現在可以再次跟你一起無所不談，那就夠了！」

「話說回來，這一次全靠你克服了心魔，通過星光寶石的考驗變身成星之魔法少女，我們才能反敗為勝，

擊退賽斯迪。」

「全靠我？」一直以來，芯言都在保護個性害羞的芝芝，每次芝芝被調皮的同學捉弄總是芯言替她出頭。雖然芝芝很想有一天能夠換轉過來幫助芯言，但她自知怕事的自己無法做到。

這一次她竟然能夠發揮所長，用智慧擊退頑強的敵人，芯言對芝芝的信任令她生命裏增添了一種使命感。她多麼希望自己能夠擁有足夠的力量，繼續與大家並肩作戰。

「芝芝，謝謝你！」芯言真切地說，「能夠成為你的好朋友，我真夠幸運！」

「我也一樣！」芝芝笑了，「別忘記還有柏宇呢！」

「你真的一點也沒有討厭他嗎？」芯言試探着。

芝芝搖搖頭，說：「之前我實在太小心眼了，我應該好好向他道歉，還要多謝他一直對你的保護。」

「你們和好就太好了！」芯言興奮地抱着芝芝。

「芯言，你喜歡柏宇嗎？」芝芝眨了一眨眼睛，直話直說。

「什……麼？」芯言瞪大眼睛，意想不到芝芝會這樣問，她感到全身發燙，用力揮手拚命否認，「我當然

不會喜歡這個上堂只管打瞌睡的男生！今天他又被罰留堂了！」

「我倒覺得他對你很重視，而且你們也很有默契啊！」芝芝把手指遞到嘴邊。

「別説笑了！我只要你一個最好的朋友就夠！」芯言扭着芝芝，把頭依偎着她。

「呵呵，我説得沒錯吧！看你的臉蛋也變紅了呢！」芝芝偷偷笑了。

「才沒有！」芯言否認着，她故意轉換一個話匣子：「是呢！聽説新來的代課老師吃錯了東西被送進醫院去，要好幾天才能回校上課呢！」

「嗯，那麼這幾天要好好自修一下，才能追上課程的進度！」芝芝認真地提議，「一會兒與大家討論星之碎片的下落後，我們再一起溫習吧！」

「不要呢！這麼難得才遇上老師缺課，不用做功課，當然要休息一下！」芯言不情願地説。

「別這麼懶惰，來吧，我們走快點吧！希比、熒熒、騰騰和毛毛已經等了我們一整天呢！」

魔法書，請問……

魔鏡到底是怎麼樣的魔法寶物？

魔鏡

魔幻國內有很多稀奇的法寶，法寶落在不同人的手上會有不同的結果，而想擁有這些法寶，必須通過重重考驗獲得到寶物的認同，雙方更需要有一種不可分割的緣分。例如奧滋丁校長手上的魔法樂悠壺就是魔法學校校長世代相傳的信物，透過樂悠壺吹奏出來的音樂可以令人心境平靜，以及喚醒潛藏體內的魔法力量。

至於今集故事曾經出現的「魔鏡」，就是由善於迷惑人心的賽斯迪所擁有。小時候的賽斯迪誤闖進魔鏡世界，憑着他的智慧通過「魔鏡」的考驗成為它的主人。「魔鏡」的功能除了通訊和偵查外，還可以照出人類的黑暗面。故事中，賽斯迪透過「魔鏡」與哥哥爵尼勒匯報星之碎片的情況，而當他向「魔鏡」施法，畢芯言的影像就立即呈現在「魔鏡」上，最後他用「魔鏡」的力量窺探到林芝芝內心的一點妒忌，於是加以迷惑利用，向她注入黑魔法，目的是對付她的好友畢芯言。

然而，最為人認識的「魔鏡」，首推是童話作家安徒生筆下故事《白雪公主》裏壞皇后的寶貝。眾所周知壞皇后很愛美，她每天都要聽到「魔鏡」說出自己是世上最美麗的女人才會安心，但隨着白雪公主一天一天長大，「魔鏡」有天終於說出最美麗的是白雪公主，這句話傷透壞皇后的心，更令她不擇手段地去對付白雪公主。

　　事實上「魔鏡」的寓意就是反映人類心裏黑暗的本質，而不止壞皇后，相信每個人在「魔鏡」面前，或多或少都會被誘惑出自私的個性，所以「魔鏡」亦是警惕我們的一面鏡子，教我們要時刻堅守信念，做個忠誠善良的好人。

　　你呢？你希望擁有一面「魔鏡」嗎？

星之魔法少女3
友情的試煉

作　　者：車人
繪　　圖：蕭邦仲
責任編輯：林沛暘
美術設計：李成宇

出　　版：新雅文化事業有限公司
　　　　　香港英皇道499號北角工業大廈18樓
　　　　　電話：（852）2138 7998
　　　　　傳真：（852）2597 4003
　　　　　網址：http://www.sunya.com.hk
　　　　　電郵：marketing@sunya.com.hk
發　　行：香港聯合書刊物流有限公司
　　　　　香港新界大埔汀麗路36號中華商務印刷大廈3字樓
　　　　　電話：（852）2150 2100
　　　　　傳真：（852）2407 3062
　　　　　電郵：info@suplogistics.com.hk
印　　刷：中華商務彩色印刷有限公司
　　　　　香港新界大埔汀麗路36號
版　　次：二〇二〇年二月初版

ISBN：978-962-08-7437-6
© 2020 Sun Ya Publications（HK）Ltd.
18/F, North Point Industrial Building, 499 King's Road, Hong Kong
Published and printed in Hong Kong